KB202330

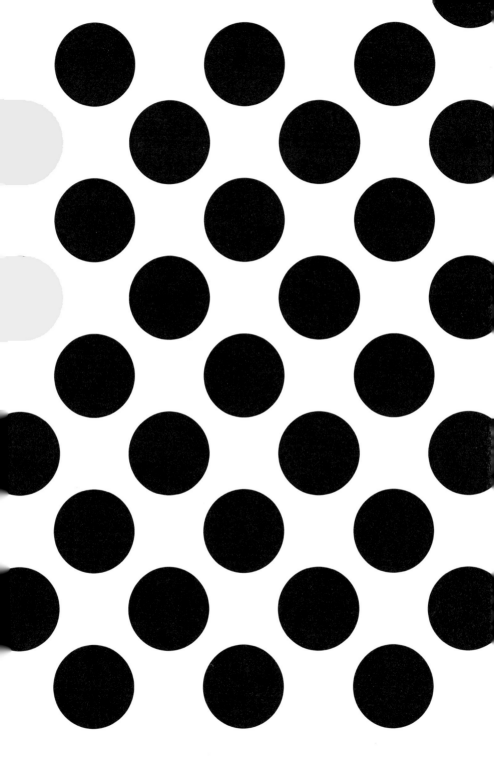

아홉 명의 초등학생이
쓰고 그린 이야기

소곤소곤

발행일 2024년 6월15일 1판 1쇄 발행

지은이 박초아·조예지·임세아·조유재·유지호·홍채민·서민지·홍채윤·원석준
펴낸이 조우석
펴낸곳 나비스쿨에듀
편집장 김현정
디자인 김현정
사진 최승현

등록 No.2020-00008
주소 서울특별시 성북구 돌곶이로 40길 46
이메일 navischool21@naver.com

ISBN 979-11-94114-01-7

나비스쿨에듀는 도서출판 나비스쿨의 임프린트입니다.

소곤소곤

아홉 명의
초등학생이
쓰고 그린 이야기

박초아
조예지
임세아
조유재
유지호
홍채민
서민지
홍채윤
원석준

나비
스쿨
에듀

아홉 가지 생각이
한 곳에 모여드는
놀라운 여정을
시작부터 끝까지 함께한
어린 작가들에게

차례

chapter 3
|
마음이 전해준 이야기, 조곤조곤

chapter 1

|

함께 나누는 이야기, 소곤소곤

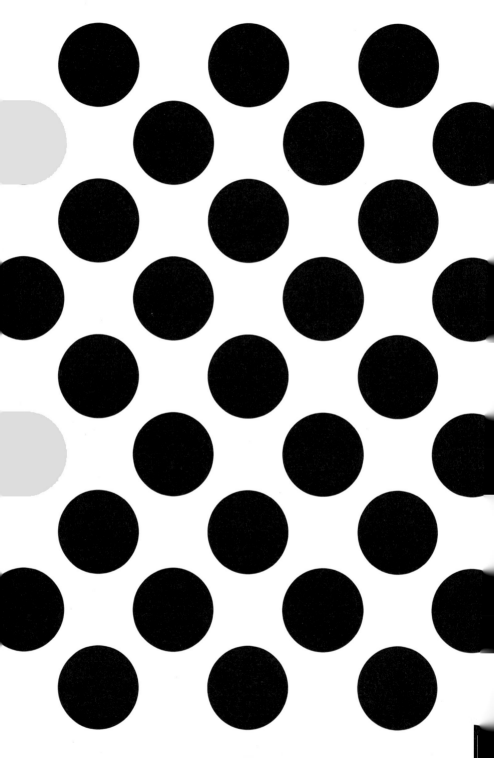

눈누
난나
물약숍

글 | 그림 박초아

프롤로그

"나는 귀염둥이 마법사, 눈나!"

"오늘은 무슨 물약을 만들어 볼까?"

"흠…. 매력 8스푼, 이끌림 6스푼, 예쁨 5스푼…. 마지막으로 루티나나 눈누난나 레티!"

가게 문이 열린다.

"어? 벌써 손님이 오셨네. 어서 오세요!"

14
—
소곤소곤

제1장

매력 뿜뿜 물약

학교가 끝났다.

가슴이 쿵쾅거렸다.

왜냐하면, 오늘 마음을 전할 것이기 때문이다.

"한솔아, 나 사실 너 좋아해!"

용기를 내어 고백을 하였다. 부끄러워서 한솔이 얼굴을 보지 못하였다.

"저기…, 서윤아, 미안. 나 좋아하는 사람 있어."

그 말을 들으니 민망하고 너무 부끄러워서 눈물이 나왔다. 서윤이는 어떠한 말도 못하고 도망치듯 그 자리에서 학교 밖으로 뛰쳐나왔다.

걸음을 멈춰보니, 눈앞에 지금까지 본 적 없는 가게가 있었다. 가게 이름은 '눈누난나 물약숍'이었다.

"물약? 어떤 물약을 말하는 거지…?"

어떤 가게인지 궁금하여 들어가 보았다.

"안녕하세요…."

6살 정도 되어 보이는 아이가 나와서 말하였다.

"안녕하세요! 눈누난나 물약숍의 눈나에요!"

어린아이가 가게를 운영하고 있는 게 신기했다. 옆을 둘러보니 음료수 가게처럼 보였다. '자신감 뿜뿜 물약', '노력 실력 짱 물약', '술술 공부 물약' 등등. 신기한 이름의 음료수가 있었다. 음료수는 투명하고 예쁜 유리병에 들어있었다.

그때 눈에 띄는 음료수 한 개가 있었다. '매력 뿜빰 물약'이었다. 서윤이가 좋아하는 보라색과 분홍색이 자연스럽게 이어진 색깔이었다. 너무 맘에 들었다!

눈누난나 물약숍

"이거 얼마예요?"

눈나가 대답했다.

"값은 차차 지불하실 거예요. 물약은 꼭 집에 가서 드세요!"

서윤이는 이해가 안 됐지만, 눈을 떠보니 어느새 집에 도착해 있었다.

"한번 먹어볼까?"

서윤이가 '매력 뿜뿜 물약'을 마셨다.

"우와, 완전 맛있다! 부드러운 복숭아가 입안에서 푹신한 구름 위를 뛰어다니는 맛이야!"

서윤이가 '매력 뿜뿜 물약'을 다 마셨다.

"좀 달라졌나?"

서윤이가 거울을 꺼내 자신의 얼굴을 유심히 살펴본다.

"뭐야…, 크게 바뀐 건 없네… 그 가게, 들어갔을 때부터 이상했어! 공짜로 음료수 먹었다 쳐야지."

다음날.

"으하함, 학교 갈 준비 해야징…."

서윤이가 학교에 도착하였다.

"서윤아, 안녕! 뭐야, 너 오늘 왤케 예뻐?"

서윤이가 놀라며 물어본다.

"응…? 내가 예뻐졌다고?"

'진짜 예뻐졌나?'

"으음…, 고마워."

학교 종이 치고 수업이 시작됐다.

"수학책 56쪽 펴라."

"쉬는 시간이다!"

한솔이가 서윤이를 불렀다.

"서윤아, 잠깐 할 말이 있어…!"

'뭐지? 한솔이가 나를 갑자기 왜…?'

서윤이와 한솔이가 복도 구석진 곳에 왔다.

"서윤아…! 나, 너 좋아하게 되었어…. 나랑 사귈래?"

'뭐…, 뭐지? 어제 먹은 매력 뭐 어쩌구 그것 때문인가?'

서윤이의 가슴이 빨리 뛰었다.

소곤소곤

"대답해 줄 수 있어? 불편하면 꼭 말 안 해도 돼…!"

서윤이가 마음을 정했다.

"좋아! 용기 내줘서 고마워!"

그렇게 서윤이와 한솔이가 사귀게 되었다. 그 모습을 '어디든 보여 물약'이 들어간 구슬로 눈나가 보았다.

"와, 잘 이루어져서 다행이야! 이번엔 무슨 물약을 만들어 볼까?"

매력 뿜뿜 물약

이 물약을 마신 사람은 예뻐지거나 귀여워지지는 않지만, 매력이 듬뿍 생겨서 인기가 많아진다.

주의사항 : 잘난 척을 하면 능력이 사라짐과 동시에 얼굴이 추해진다. 그 모습은 후손에게도 이어진다.

제2장

노력 실력 쑥- 물약

"당신! 그런….”

"컷! 컷! 준호 씨, 그렇게 말고 좀 더 강렬하게!"

이곳은 QQQP 방송국이다.

어느 드라마를 찍는 중이었다.

"1씬 끝! 수고하셨습니다. 그리고 준호 씨는 연습하세요."

준호가 한숨을 쉬며 대답하였다.

"네…, 더 열심히 하겠습니다!"

이준호는 무명 배우다.

준호가 목이 말라 편의점을 찾던 중이었다. 그때 '눈누난나 물약숍'을 보았다.

"왜 근처에 편의점이 없지? 여기라도 가봐야겠다."

준호가 눈누난나 물약숍에 들어간다.

"안녕하세요. 눈누난나 물약숍의 눈나입니다!"

"오…. 네…, 안녕하세요. 호…, 혹시 음료수 있나요?"

준호가 물약숍을 둘러보며 말한다.

"네, 혹시 고민이 있으세요?"

준호가 골똘히 생각을 하다가 입을 연다.

"노력을 해도 잘 안되는 것이 고민이에요."

눈나가 "네!"라고 말하고, 선반에서 무언가를 꺼내온다.

'노력 실력 쑥- 물약? 이게 뭐지?'

눈나가 준호의 속마음을 들은 것처럼 대답하였다.

"이 물약은 노력을 하면 할수록 실력도 좋아지는 물약이에요! 하지만 조심해야 할 점이 있죠. 실력을 믿고 노력하지 않으면 무슨 일이 일어날지 몰라요…. 그러니 조심하세요!"

준호는 이게 무슨 말인가 싶었지만 사겠다고 하였다.

"값은 차차 지불하실 거예요. 물약은 꼭 집에 가서 드세요!
밖에서 드시면 그 물약을 노리는 적이…."

"네?"

"아니에요…! 값은 차차 지불하실 거예요."

그리고 준호는 눈누난나 물약숍에서 나왔다. 신기한 가게라
고 생각할 때쯤 눈을 떠보니 집에 와있었다.

"뭐야? 분명 밖이었는데…. 꿈이었나?"

준호의 손에 '노력 실력 쑥- 물약'이 있었다. 꿈은 아니라고
생각한 후 물약을 먹었다.

"우와…! 수줍은 딸기 낭자와 매력적인 바나나 왕자가 입안
에서 폴카를 추고 있는 맛이야!"

준호가 감탄을 하며 먹었다.

"휴…. 이제 연기 연습 좀 하다가 자야겠다."

준호는 2시간 동안 연습을 하다가 시간을 보고 잠이 들었다.

다음날, QQQP 방송국.

25
—

"오늘 촬영도 열심히 합시다!"

준호는 전보다 긴장감이 사라진 것을 느꼈고, 자신감 있게 촬영을 하였다.

"준호 씨, 너무 좋습니다! 이대로 갑시다. 오늘 정말 수고하셨습니다."

준호는 기쁨을 감출 수가 없었다.

"넵, 감사합니다. 더 노력하겠습니다!"

준호는 순식간에 인기배우가 되었다. 점점 유명해질수록 연기 연습을 소홀히 하였다. 결국, 준호는 연습을 아예 하지 않게 되었다. 눈나는 걱정을 하였다. 눈나가 준호를 직접 찾아가서 말하였다.

"손님, 노력을 하세요. 그러니 연습하세요! 이게 마지막 경고입니다…."

이 말을 남기고 눈나는 사라졌다. 준호는 중요하게 생각하지 않고 넘어갔다.

눈나가 걱정하던 일이 일어났다. 준호는 실력이 떨어지고, 말까지 못하게 되었다. 눈나가 '어디든 보여 물약'이 들어간 구슬을 보며 말한다.

"하…, 결국엔 저렇게 되었네. 마지막 경고를 했는데…. 정신 차리고! 오늘은 또 어떤 물약을 만들어 볼까?"

노력 실력 쑥- 물약

노력을 하면 할수록 실력도 높아지게 되는 물약.

주의사항 : 자만에 빠져 노력하지 않으면 대가가 따른다고….

에필로그

"오늘도 열심히 일했다!"

눈나가 가게 문을 닫으며 말한다.

"밤의 사자가 오늘은 그 영혼들을 데리러 오지 않았으면…."

● 빠르게 지나가는 3가지 물약

자신감 수육 물약

돼지고기 맛이 나는 물약. 이 물약을 마시면 자신감이 높아진다.

주의사항 : 자신감을 넘어 잘난 척이 시작되면 주위 사람들이 사라질지도….

구매하신 분 : 박가람

오! 렌즈 물약

오렌지 맛의 물약. 이 물약을 마시면 눈이 좋아진다.

주의사항 : 눈을 심하게 사용하면 실명이 되는….

구매하신 분 : 정세연

헬스짱 힘짱 물약

이온 음료가 다채롭게 섞인 맛. 이 물약을 마시면 운동을 잘하게 되고, 힘도 강해지며, 근육도 생긴다.

주의사항 : 1. 점점 강해지고 싶다는 생각이 들면 근육이 터진다. 2. 쓰면 안될 곳에 힘을 쓰면 근육이 조금도 빠짐없이 사라진다. 어쩌면 죽을 수도….

구매하신 분 : 홍승기

안녕하세요. 이번에 처음으로 책을 쓰게 된 박초아라고 합니
다. 『눈누난나 물약숍』 안에는 여러 가지 장르가 있어요. 제가
평소에 판타지, 로맨스, 호러 등을 좋아해서 이런 장르를 넣
어 봤어요. 주인공인 눈나를 저와 비슷하게 표현해봤어요. 밝
고 긍정적이며 공감을 잘하는 귀여운 캐릭터로요. 눈나의 원
래 나이는 1,595살이에요. 놀랐죠? 눈나는 눈누난나 물약숍
을 1,590년 동안 운영하고 있어요! 한마디로 5살 때부터 시작
해왔습니다. 성장은 8살에서 멈췄어요. 이 이야기는 제가 예

전부터 생각해왔던 아이디어예요. 이 글 말고도 여러 가지 글이 있어서 고르기가 좀 어렵긴 했어요. 1학년 때부터 글 쓰는 것을 좋아했어요. 하루에 동시를 10편 이상 쓰기도 했어요. 제 MBTI가 ENFP예요. 그래서 외향적이고, 상상력이 풍부하고, 공감을 잘하며, 즉흥적인 성격을 가지고 있어요. 제가 썼던 글도 다 상상으로 만들어진 이야기들이죠. 이 글을 쓰면서 즐거웠고, 다른 8명의 작가님과도 행복했어요. 마지막으로 인사를 하며 마치겠습니다. 감사합니닷!

독자니임! 안녕하세욧. 박초아입니다! 이 책, 재미있게 읽으셨나요? 저를 포함한 아홉 명이 쓴 글 모두 다르게 멋지지 않나요? 사실 아직도 제가 작가가 되었다는 게 믿기지 않아요! '진짜로 내가 책을 낼 수 있을까?' 생각했어요. 그런데 이런 멋진 글이 완성되어 자랑스럽고 뿌듯하네요.

다른 글 중 원석준 작가님의 『공은 둥글고 승부는…, 예측할 수 없다!』가 내용도 흥미롭고 제목을 너무 잘 지은 것 같아요. 또 서민지 작가님 글에서 고양이가 너무 귀엽지 않나요? 서민지 작가님은 그림을 너무 잘 그리세요! 물론, 다른 작가님들도 다 멋져요. 제 글을 독자분들이 오래오래 기억해주셨으면 좋겠어요. 이 책 재미있게 읽으셨죠? 마지막으로, 이 글을 읽어주셔서 감사합니다!

귀엽고 예쁜 박초아 작가 올림

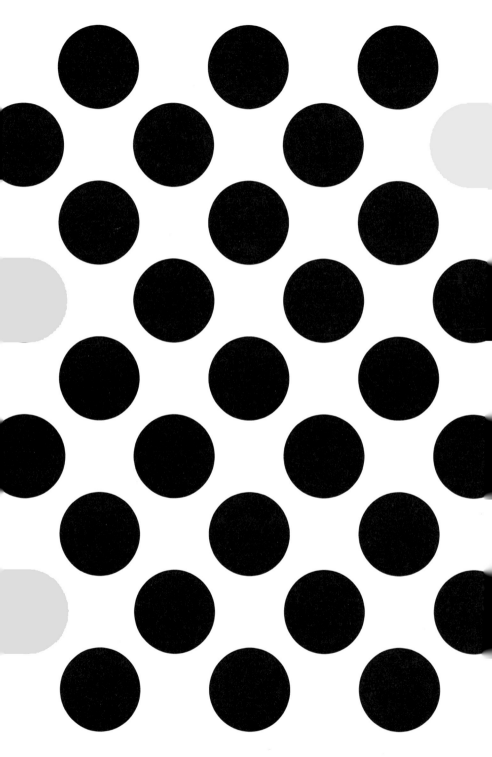

공주들의
신비로운
대모험

글 | 그림 조예지

1

옛날에 어느 사악한 마법사가 살았어요. 그 마법사는 아름다운 일곱 공주와 개냥이 '샤미', 강아지 '강이'가 함께 사는 성을 질투했어요. 그래서 사악한 마법사는 강이를 납치해 버렸어요. 일곱 공주에게는 마법사의 모습이 보이지 않았어요. 하지만 고양이 샤미는 신비한 능력을 갖고 있어서, 마법사의 모습을 볼 수 있었어요. 다행히 샤미는 사람의 말을 할 수 있는 세상에 하나뿐인 특별한 고양이였지요.

소곤소곤

2

샤미는 마법사의 계획을 금세 눈치챌 수 있어서 일곱 공주 중에서 가장 강력한 로우타에게 이 사실을 알렸어요.

"로우타 공주, 강이가 위험해! 마법사가 살고 있는 동굴로 가서 강이를 구해야 해!"

일곱 명의 공주는 서둘러 떠날 채비를 했어요. 샤미는 킁킁 냄새를 맡으며 마법사의 흔적을 찾았고, 공주들은 샤미를 뒤따라 갔지요. 계속 걷다 보니 왠지 수상함이 느껴지는 동굴 앞에 도착했어요.

소곤소곤

3

　공주들은 용기를 내어보기로 했고, 샤미를 따라 동굴 안으로 들어갔어요. 어? 그런데 동굴 안에 아름다운 정원이 있는 것이 아니겠어요? 공주들은 정원의 아름다움에 바로 매혹되었어요. 이때 샤미는 무언가 이상한 느낌이 들었고, 바로 함정이란 걸 깨달았어요. 샤미가 공주들에게 탈출하라고 말한 순간 이상한 소리가 들려왔어요.

소곤소곤

4

"꽤 똑똑하군. 애송이 고양이인 줄 알았는데."

마법사의 소리였지요.

"뭐라고? 애송이 고양이라니!"

샤미가 말했어요.

"나는 교활하고 사악한 마법사지, 흐흐. 그것도 무척. 이번 함정은 운 좋게 통과했군. 하지만 다음 함정, 아니 시험도 통과할 거라는 기대는 꿈에도 하지 않는 게 좋을 거다!"

마법사가 말을 마치자마자 샤미와 공주들은 순간 이동이 됐는지, 온갖 벌레들이 득실득실한 곳에 도착해 있었어요. 공주들은 겁에 질렸지요. 그렇지만 샤미는 눈 하나 깜짝하지 않고, 공주들에게 작은 소리로 속삭였어요.

"절대 소리 지르면 안 돼. 절대로! 이번엔 소리 함정이야!"

5

그러자 마법사가 등장했어요.

"흥, 이 고양이 녀석아! 방해는 그만하고 좀 비켜줄래? 공주들도 용기가 가상하군. 그렇다면 다음 시험을 또 준비해 주지. 이번 시험은 녹록지 않을 것이다!"

"어? 뭐, 뭐지?"

공주들은 또다시 환경이 바뀌자 수상한 낌새를 느꼈어요. 각종 자물쇠가 보였고, 갑자기 자물쇠가 모두 '철컥' 잠겼어요. 공주들은 철창에 갇혔지요. 그때 샤미의 눈에 2024라는 숫자가 보였어요. 그런데 안쪽의 자물쇠가 굳게 잠겨있는 게 아니겠어요? 샤미는 먼저 자물쇠를 손으로 건드려 봤어요. 그런데 문이 열리는 게 아니겠어요? 샤미는 2.0.2.4.라는 숫자가 분명 나중에 쓰일 중요한 숫자일 거라 생각하고 분명하게 기억하기로 했지요.

"허! 멍청한 고양이인 줄 알았는데. 제법인데?"

마법사는 어둠과 함께 사라졌어요.

6

이번엔 강아지 세상에 도착해 있었어요. 일곱 공주 중 수수께끼를 좋아하는 로우타 공주는 이번 시험에서는 강아지를 찾는 힌트가 있을 것 같다고 했어요. 공주들이 강아지를 살펴보니 강아지 배 부분에 숫자가 쓰여 있는 것 같았어요. 일곱 공주 중 가장 시력이 좋은 공주가 2024가 아닌 다른 숫자를 찾아보려고 하는데, 갑자기 강아지 한 마리가 사라졌어요.

"사라진 강아지가 바로 강이야!"

가장 해결 능력이 뛰어난 공주가 말했어요. 공주가 말을 마친 동시에 사라졌던 강아지가 나타났지요. 그리고 공주들은 강이와 샤미를 안고 마법사의 동굴에서 탈출했어요. 하지만 샤미와 강이는 마법사가 다시 공격할 것만 같은 생각이 들었어요. 그래서 동굴 안을 향해 마법사가 가장 싫어한다는 빛을 쏘았지요. 그러자 마법사는 그 자리에서 죽어 사라졌어요.

소곤소곤

7

샤미와 강이, 일곱 공주는 힘을 합쳐 새로운 성을 건축했고,
모두가 행복하게 살 수 있었어요. 평화로운 시간도 잠시, 마법
사가 죽자 화가 난 마법사의 아내와 아들이 아름다운 새 성에
쳐들어 왔지요. 그런데 샤미와 강이가 점점 기운을 잃어 가는
게 아니겠어요? 이번엔 공주들이 힘을 냈어요. 로우타 공주는
샤미와 강이 곁을 지켰고, 다른 공주들은 모두의 에너지를 더
해 마법사의 아내와 아들을 공격했어요. 아들은 공주들의 공
격을 피하지 못하고 그 자리에서 죽었지만, 마법사의 아내는
교묘하게 피했지요. 그리고 공주들에게 반격을 가했어요.

8

일곱 공주 중 가장 예측을 잘하는 공주는 마법사의 아내가 마늘에 약점을 보일 거라 예측을 했어요. 그러자 요리를 잘하는 공주가 주머니에서 마늘 한 주먹을 꺼냈고, 마법사의 아내에게 던졌어요. 마법사의 아내는 놀라 "악!" 소리를 냈고, 이때 마늘이 입속에 들어갔어요. 아내는 발버둥을 치며 목숨을 잃었어요.

9

이렇게 성 식구들은 사악한 마법사 가족의 공격에서 벗어나 다시 평온을 되찾았지요. 일곱 공주와 샤미, 그리고 강이는 모두 좋은 친구이자 서로에게 든든한 버팀목이에요. 이번 모험을 통해 각자의 에너지가 더욱 강해지고 견고해졌어요. 서로를 아끼는 마음과 협동하는 마음도 커졌어요. 일곱 공주와 샤미, 그리고 강이는 앞으로 어떤 시련이 닥치더라도 모두 함께라면 그 시련을 극복할 수 있으리라 생각했지요.

작가를 소개합니다

안녕하세요? 저는 작가 조예지입니다. 이번 책은 저의 두 번째 책인데, 첫 번째 책의 주인공과 비슷한 이름을 사용했습니다. 왜냐하면, 이름이 마음에 들고, 고양이지만 강아지처럼 애교가 많은 개냥이 중에 '샴'이라는 종이 좋아서 다시 한 번 등장시켰습니다. 그리고 보통 공주들이 나오는 동화에서는 공주들이 왕자가 구해주기만을 기다립니다. 그렇지만 제 책에 등장하는 공주들은 용감하게 모험을 떠나고 앞장서는 모습입니다. 마법 세계는 신비롭고 다양한 모험을 즐길 수 있다고 생각해서 이번 이야기의 배경으로 삼았습니다. 무엇보다 다양한 생각을 갖고 있는 여덟 명의 작가와 함께 책을 쓸 수 있어서 즐거웠습니다. 수업을 이끌어 주신 김현정 편집장님께도 감사드립니다. 제 책, 재미있게 읽어주시길 바랍니다.

독자에게 전합니다

제 글, 『공주들의 신비로운 대모험』 재미있게 읽으셨나요? 첫 번째 책에서는 그림을 컬러풀하게 꾸몄지만, 이번 책에서는 흑백의 다양한 무늬로 꾸몄습니다. 그래서 독특한 경험을 해볼 수 있었습니다. 이번에 글을 쓰면서 가장 힘들었던 부분을 꼽으라면, 많은 내용을 쓰고 싶었지만 소재가 잘 떠오르지 않았던 점입니다. 하지만 소재를 정하고 나니 재미있게 글을 쓸 수 있었고, 새로운 방법으로 그림을 그려볼 수 있어서 특별하고 행복한 경험이었습니다. 저는 이 이야기를 통해 독자분들께 작은 교훈을 전달해 드리고 싶었습니다. 아무리 어려운 순간에도 샤미가 공주들 곁에 있었던 것처럼 작은 희망은 여러분 곁에 꼭 있다는 사실을요. 독자 여러분도 작은 희망을 꼭 발견해서 행복하시길 바랍니다.

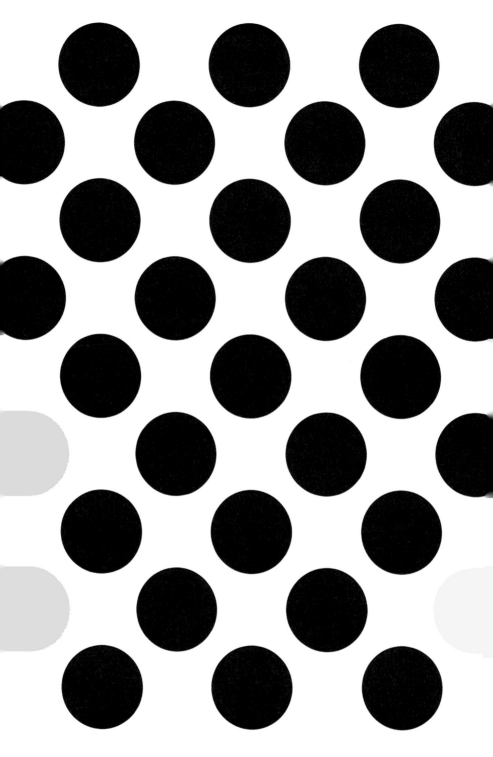

우주
미션
대작전

글 | 그림 임세아

1

우주 미션을 하기 위해 왔습니다.

나는 세리입니다.

동료 다나, 지안이와 함께 우주선에 탔습니다.

"카운트 다운…. 3, 2, 1, 발사!"

나는 정말 무서웠습니다.

"성공적으로 발사했습니다."

우리는 지금 무중력 상태입니다.

"이 미션이 10,000번째 미션이지?"

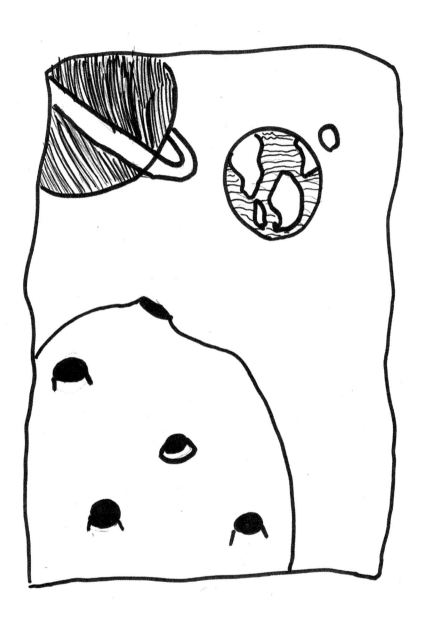

다나가 말했습니다.

10,000번째 미션은 그동안 많은 사람이 도전했지만, 모두 부상을 입거나 다시 지구로 돌아오지 못했던 어려운 미션입니다. 이 미션에 도전할 사람은 우리가 마지막입니다.

만약 우리 팀이 성공하지 못한다면, 이 미션은 영원히 풀리지 않을 것입니다. 나는 동료들의 긴장을 풀어주기 위해, 웃기는 이야기를 시작했습니다.

"어떤 사람이…, 어쩌고저쩌고…."

곧 동료들도 긴장을 풀고 웃기 시작했습니다.

"우리가 들러야 할 행성의 순서가 어떻게 되지?"

우주선을 컨트롤하는 중앙패드(Pad)에게 물었습니다.

"화성, 수성, 목성, 금성 순서로 이동하게 될 겁니다."

"좋았어! 화성으로 가자!"

우리는 외쳤습니다.

2

이번 미션은 화성의 돌과 흙을 가져오는 것입니다.

화성에 착륙해 첫발을 내딛는 순간, 타들어 갈 듯 뜨거웠습니다.

"앗, 뜨거워!"

우리는 우주선으로 돌아와 뜨거운 화성 위를 걸을 수 있는 신발을 만들기 시작했습니다. 타는 듯한 열기에도 녹지 않는 특수 고무와 소방관 신발, 그리고 우주복 하나를 잘라 한 켤레의 신발을 완성했습니다. 이를 만들기 위해 꼬박 한 달이 걸렸습니다.

"더 이상 지체할 수 없어. 대표로 한 명이 화성의 돌과 흙을 가져오기로 하자!"

그때 갑자기 모래바람이 불었습니다. 창문 하나가 부서졌습니다. 우린 그물로 모래바람을 막아냈습니다. 그 순간 그물에 흙과 돌이 가득 찼습니다.

"화성 미션은 성공이야! 다음은 어디지?"

다나가 말했습니다.

"다음은 수성이야!"

지안이와 나는 소리쳤습니다.

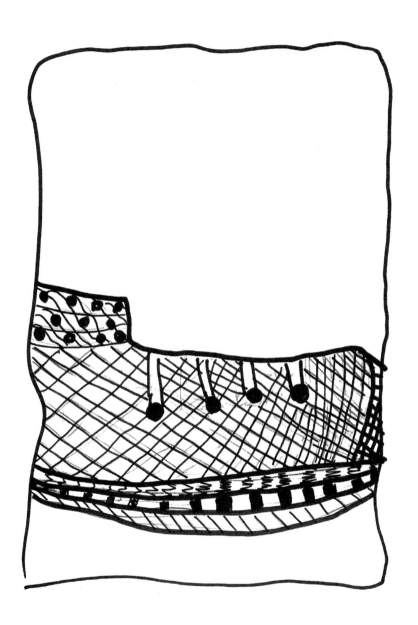

3

이번 미션은 수성에 살고 있는 미생물을 채취하는 것입니다.

"어떻게 미생물을 채취하지?"

우리는 고민에 빠졌습니다. 수성도 화성처럼 변덕이 아주 심했습니다. 수성의 낮은 아주 뜨겁고, 수성의 밤은 몹시 추웠습니다. 미생물이 살기 어려운 곳 같았습니다.

지금은 낮이었습니다.

"화성에서 만든 신발을 신자."

화성 미션을 수행하기 위해 만든 신발을 신고, 내가 대표로 수성을 둘러보기로 하였습니다.

그때 물웅덩이가 보였습니다. 물웅덩이에는 미생물이 살고 있을지도 모릅니다. 물웅덩이를 보려는 순간 주변이 깜깜해졌습니다. 갑자기 밤이 찾아왔고, 너무나 추워졌습니다.

"지금 온도는 -183℃야. 너무 추워서 안 되겠어. 일단 이 물을 떠가 보자!"

우주선에 돌아와 현미경으로 물을 관찰하니, 미생물이 움직이는 것이 보였습니다.

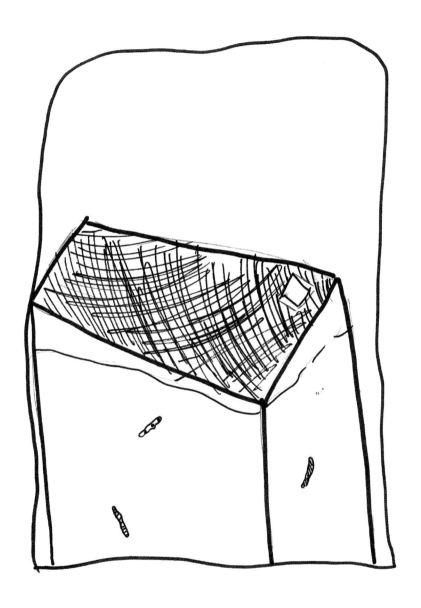

우주 미션 대작전

미생물이 담긴 병을 연구실 한 켠에 자리한 보관소에 조심스럽게 놓았습니다.

"수성 미션도 성공이야!"

다나가 말했습니다.

피곤하고 먹을 것이 부족해진 우리는 식량을 얻기 위해 우주정거장으로 갔습니다.

4

우주정거장에 도착했습니다.

우주정거장에는 우주인을 위한 음식이 많이 준비되어 있었습니다. 맛있는 빵, 따뜻한 수프, 초코 우유를 먹으며 동료 다나, 지안이와 함께 게임을 하며 즐거운 시간을 보냈습니다.

물론 훈련도 게을리하지 않았습니다. '무중력 상태에서 우주선 고치기', '무중력 상태에서 뛰어가기' 등 여러 훈련을 수행하였습니다.

우주정거장이 지루해질 때쯤 우리는 목성으로 갔습니다.

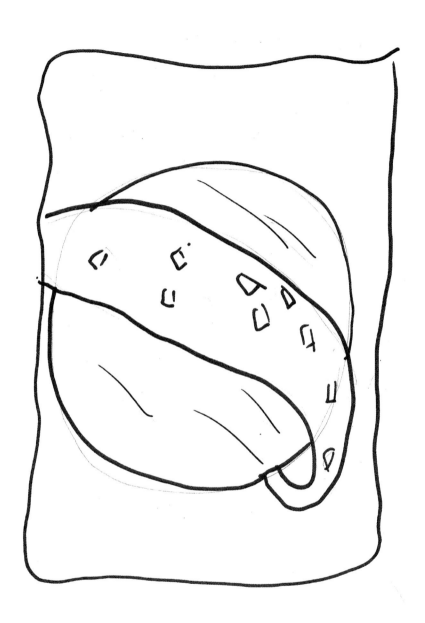

우주 미션 대작전

5

목성 미션은 푸른빛 운석을 가져오는 것이었습니다. 목성은 기체로 만들어졌기 때문에, 걸을 수 없었습니다. 우리는 각자 우주선에 끈을 매달고 목성 쪽으로 다가갔습니다. 목성에는 아주 얇은 고리가 있었습니다.

"어?"

얇은 고리 안쪽에 보랏빛 운석, 핑크빛 운석, 초록빛 운석이 보였습니다. 우리는 얇은 고리 이곳저곳을 샅샅이 뒤지기 시작했습니다. 여러 가지 색의 아름다운 운석이 보였지만, 푸른 빛 운석은 보이지 않았습니다. 우린 마지막으로 목성의 중심을 향해 뛰어내렸습니다.

"3, 2, 1, 뛰어!"

마침내 목성의 중심에 다다르자 푸른빛이 반짝이는 운석을 찾을 수 있었습니다.

"우리가 해냈어! 미션 성공이야!"

조금은 지쳤지만, 마지막 미션을 해내기 위해 금성으로 향했습니다.

6

금성 미션은 실종된 우주선을 가져오는 것입니다.

이 미션은 정말로 어려울 것 같습니다. 금성의 별명이 '죽음의 구름'이기 때문입니다. 우리는 일단 금성의 코로나에 착륙했습니다.

나는 너무 피곤하여 우주선에서 대기하기로 했습니다. 다나와 지안이가 미션을 위해 금성 주변을 탐색하기로 했습니다.

"저기 있어! 월바오디 3-100호 우주선이야."

드디어 실종된 우주선을 찾았습니다.

다나와 지안이가 실종된 우주선을 옮기기 위해 애를 썼지만, 월바오디 3-100호는 꼼짝도 하지 않았습니다. 대장인 나 세리가 나설 차례였습니다. 지구에서 가져온 로봇을 분해해서, '힘이 세지는 장갑'을 만들기 시작했습니다. 야구 글러브 같은 모습에 엔진을 달아 정말 무거운 물건도 옮길 수 있는 장갑이었습니다.

지안이에게 힘이 세지는 장갑을 던져주었습니다. 지안이는 이 장갑을 끼고 월바오디 3-100호를 우리가 타고 있는 우주

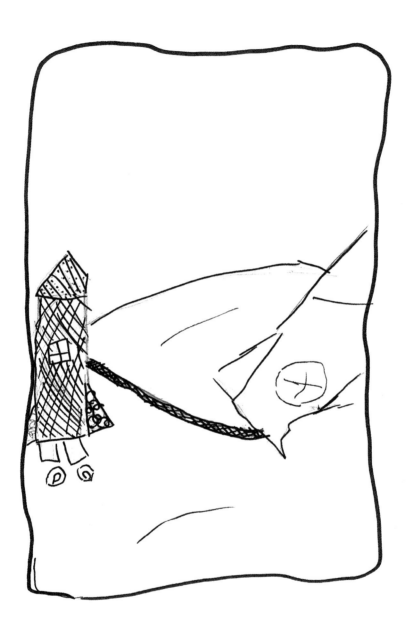

소곤소곤

선 쪽으로 가까이 옮겼습니다.

그리고 우주선 꼬리에 튼튼한 끈으로 연결하였습니다. 그렇게 우리는 모든 미션을 성공적으로 수행했습니다.

7

우리는 지구로 돌아가고 있습니다. 화성, 수성, 목성, 금성에서 미션을 수행하고 나니, 정말 힘들었습니다. 지구에 도착하자마자, 모든 사람이 박수를 쳐 주었습니다. 우리는 앞으로도 멋진 우주비행사가 될 것입니다.

"다음에는 천왕성에 가면 좋겠다. 우리 그때도 함께하는 거야!"

내가 말했습니다.

"물론이지!"

"당연하지!"

동료 다나와 지안이가 답했습니다.

모두가 하하 웃었습니다.

작가를 소개합니다

안녕하세요? 저는 작가 임세아입니다. 책을 읽는 것을 좋아해서, 쉬는 시간마다 도서관으로 달려가곤 합니다. 여러 종류의 책 중에서 가장 좋아하는 책은 만화책입니다. 귀여운 캐릭터와 재미있는 내용을 함께 읽을 수 있기 때문이지요. 저도 다른 사람들이 즐겁게 읽어주는 책을 쓰고 싶었답니다. 하지만 생각보다 이야기를 만드는 일은 어려웠어요. 마침내 제 힘으로 글도 쓰고 그림도 직접 그려 한 편의 이야기를 써내니, 정말 뿌듯했습니다. 책을 만드는 과정을 경험하면서, 할 수 있다는 자신감과 글쓰기에 대한 관심이 더욱 깊어졌습니다. 앞으로도 글쓰기를 계속할 거예요. 제 글 많이 읽어주세요. 그럼 평생 행복하게 주문을 걸어드릴게요. (제 친구들 이야기도 읽어주세요. 정말 재밌어요. 추천!)

독자에게 전합니다

우선, 제 책을 읽어주셔서 감사합니다. 제 이야기를 더욱 재밌게 읽으시려면, 일단 우주를 상상하셔야 해요. 아주 미스터리한 우주 말이에요. 우주에는 아직 밝혀지지 않은 수많은 것들이 있답니다. 이 책은 '세리'라는 주인공이 멋진 동료 '다나'와 '지안이'와 함께 우주 탐험을 하며 여러 행성을 방문해서 미션을 수행하는 이야기예요. 다나와 지안이는 저의 친한 친구들 이름이랍니다. 이야기를 읽으면서, 여러분도 친한 친구들과 우주 미션을 수행하는 상상을 해보시면 어떨까요? 제 이야기를 읽는 동안 즐거운 상상으로 행복한 시간을 보내셨길 바랍니다. 감사합니다.

chapter 2
|
남몰래 건네는 이야기, 속닥속닥

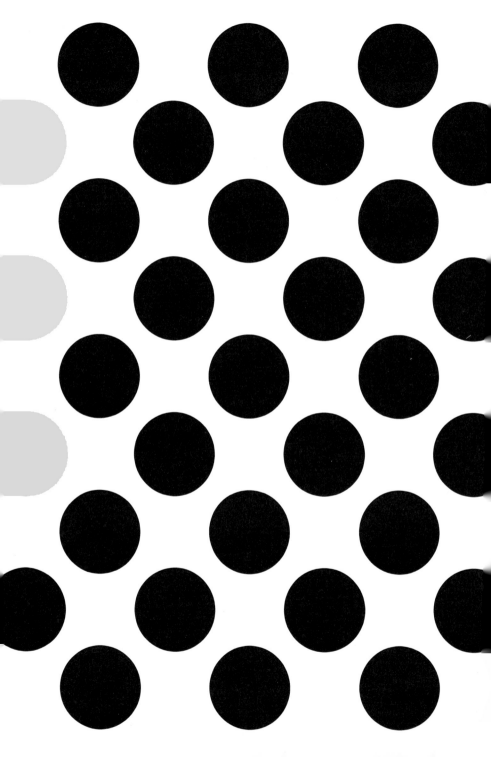

조지 라신 3.3.3. 실종사건

글 | 그림 조유재

등장인물

영주 : 조지 라신

탐정 : 픽스 우드

경감 : 톰 러슨

3명의 하인 : 빌 스미스, 존 힐, 데이빗 워런

그리고 3명의 괴한

1

평화로운 프랑스 파리의 어느 골목.

그곳에 있는 한 사무실에서 건장한 남성 한 명과 경찰로 보

이는 남성이 이야기를 나누고 있었다. 그 건장한 남성은 픽스 우드라는 유능한 탐정이었다. 그곳은 픽스 우드의 탐정 사무소였다. 그리고 경찰로 보이는 사람은 톰 러슨이라는 경감이었다. 톰 경감이 탐정 픽스를 찾은 것은, 다름 아닌 파리에서 3시간 남짓 떨어진 서부지방의 영주 실종사건 때문이었다.

영주의 이름은 조지 라신. 그는 엄청난 부자였는데, 프랑스 서부의 저택에서 하인 3명과 함께 살고 있었다. 하인의 이름은 빌 스미스, 존 힐, 그리고 데이빗 워런이었다.

2

사건의 발단은 이러했다.

어느 날 오후 3시쯤, 영주 조지가 저택에 머물고 있을 때 누군가가 문을 쾅쾅 두드리는 소리가 들렸다. 때마침 3명의 하인이 모두 외출 중이라 혼자 있던 조지가 문을 열었다.

밖을 내다보니, 3명의 사나이가 얼굴을 알아볼 수 없도록 검은 복면을 한 채로 서 있었다. 그들은 조지의 눈을 가린 채 억지로 끌고 나와, 검은색 밴에 밀어 넣었다.

30분 정도 지났을까…. 사나이들은 조지를 어느 폐가로 데리고 들어갔다. 조지가 물었다.

"지금 나를 어디로 데리고 온 거요?"

그러자, 귀에 익은 목소리가 대답했다.

"당신은 납치되었소. 이곳이 어디인지는 말해줄 수 없소."

비록 복면을 하고 있었지만, 어딘가 익숙한 목소리였다. 누구일까 곰곰이 생각해 보니, 다름 아닌 3명의 하인 중 한 명인 빌 스미스라는 것을 알 수 있었다.

하지만 조지는 자신을 이곳으로 데리고 온 사람이 누구인지 들키면 자신에게 해를 입힐까 두려워서 자신의 하인 중 한 명이라는 것을 알아채지 못한 척했다. 오늘 오전 세 명의 하인들이 모두 외출을 하는 바람에 종일 아무것도 먹지 못해 너무나 배가 고팠던 조지는 나머지 두 명의 사나이에게 말을 걸었다.

"먹을 것 좀 주시오."

다른 두 명도 자신의 하인인지 목소리를 들어보기 위해서였다. 그렇지만 영주 조지의 주머니 속에는 항상 돈이 가득 들어

조지 라신 3.3.3. 실종사건

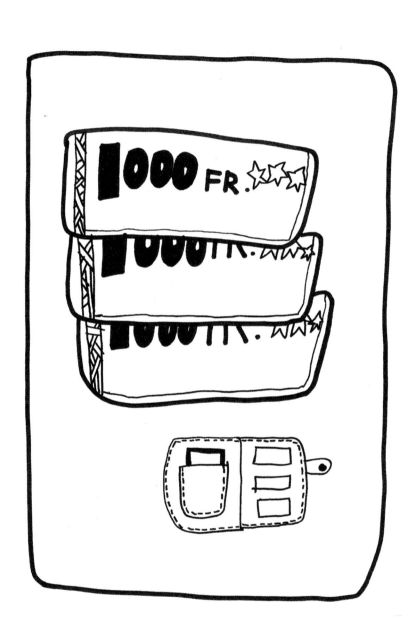

있는 지갑이 있다는 사실을 알고 있는 빌이 대답했다.

"네, 무엇이든 말씀하시죠. 그 대신, 뭐든 음식을 먹으려면 각각 천 프랑씩 내셔야 합니다."

빌의 말에 조지는 깜짝 놀랐다. 하지만 조지는 그 사나이들의 요구를 들어주면 자신이 안전하게 풀려날 수 있을 거라는 희망으로 하인 빌 스미스의 말을 따랐다.

"알겠소. 당신의 말대로 하겠소…."

이렇게 하여 조지는 3번의 음식을 받고 3천 프랑을 그들에게 줄 수밖에 없었다. 그 당시 3천 프랑이면, 집을 한 채 살 수 있을 정도의 많은 돈이었다. 그 세 명의 사나이는 이런 식으로 힘들이지 않고 조지도 해치지 않으면서 돈을 몽땅 가져간 후 조지를 풀어줄 계획이었다.

어느새 3일이 지나갔다. 사업 때문에 외출한 줄 알았던 영주가 3일이 지나도록 저택으로 돌아오지 않자, 하인 존 힐과 데이빗 워런은 경찰에게 신고했고, 실종사건 담당 경찰이었던 톰 러슨 경감은 유능하기로 소문난 탐정 픽스 우드에게 조지

조지 라신 3.3.3. 실종사건

실종사건을 의뢰하여 함께 수사하게 되었다.

3

다시 파리. 픽스 우드 탐정 사무소.

톰 경감의 말을 다 들어본 픽스는 지금 당장 사건 현장으로 가야겠다는 생각이 먼저 들었다.

"어서 그곳으로 가야겠소. 톰 경감, 서두릅시다!"

파리에서 서부지방 사건 현장까지는 기차와 차를 이용해서 3시간은 족히 걸리는 거리였기 때문이었다. 픽스와 톰은 기차역에 도착하여 다시 택시를 잡아타고 어느 숲 입구에 도착했다. 그곳에는 톰 경감의 연락을 받은 경찰 3명이 길목을 지키고 있었다.

픽스는 흙바닥에서 급하게 방향을 바꾼듯한 타이어 자국을 발견했다. 경찰 3명과 함께 자국을 따라 3킬로미터쯤 가보니, 숲속 깊은 곳에 폐가 한 채가 있었고, 타이어 자국의 끝에는 검은색 밴 한 대가 주차되어 있었다.

탐정 픽스와 톰 경감은 권총을 들고 폐가 안쪽으로 들어갔다. 벽 뒤에 숨어서 지켜보니, 영주 조지와 복면을 한 사나이 3명이 있는 모습이 보였다. 사나이 한 명이 벽 쪽으로 나오는 순간, 픽스는 그에게 다가가 재빨리 수갑을 채웠다.

"이거 놓으시오!"

사나이가 지르는 소리에 나머지 두 명이 깜짝 놀라 영주 조지를 그대로 둔 채 재빨리 몸을 숨기고 경계를 하였다. 픽스와 톰 경감은 3명의 경찰과 함께 폐가를 포위하여 사나이들이 탈출하지 못하도록 하고, 혼자 내버려진 조지를 구출했다.

결국 숨어있던 범인 두 명을 찾아내어 모두 체포하였고, 영주 조지가 무사한지 자세히 살펴보았다. 그리고 그 사나이들에게 빼앗긴 돈이 얼마인지 조사를 하였다.

4

톰 경감과 탐정 픽스가 사건을 처음부터 따져보니, 사건 첫날 외출했던 3명의 하인 중 한 명인 빌 스미스가 자신의 친구

두 명과 함께 영주 조지의 돈을 가져가기 위해 꾸민 일이었다.

저택에서 함께 지내던 세 명의 하인 중 나머지 두 명의 하인 존 힐과 데이빗 워런은 조지가 실종된 첫날에 외출 후 집으로 돌아가 있었던 것이 확인되었다.

"나는 아무렇지 않소."

조지가 말했다.

다행히 영주 조지는 다친 곳 없이 무사했고, 그 사나이 3명이 빼앗은 돈 3천 프랑은 그대로 되찾을 수 있었다.

5

조지는 픽스와 톰 경감 덕분에 무사히 3시간이 걸려 자신의 저택으로 돌아갈 수 있었다.

"어서 오십시오, 영주님. 무사하셔서 다행입니다!"

영주를 기다리던 하인 두 사람은 33가지의 맛있는 음식을 식탁이 넘치도록 잔뜩 준비해놓고 고생한 조지를 반갑게 맞이하였다.

조지는 픽스와 톰 경감에게 너무나 고마워서 자신의 저택으

로 초대하여 그 음식을 대접하고 감사의 표현으로 300프랑씩 선물하였다.

이 일로 탐정 픽스는 프랑스에서 더욱 유명해졌고, 톰 러슨 경감은 특별 진급을 하게 되었다.

영주 조지는 집사 한 명을 새롭게 소개받았는데, 그 사람은 바로 톰 경감의 동생 마이크 러슨이었다. 이로써 조지는 하인 존 힐, 데이빗 워런과 집사 마이크 러슨, 이렇게 3명과 함께 이 저택에서 마음 놓고 평화롭게 살 수 있었다.

작가를 소개합니다

　저는 책 읽기와 축구, 야구를 좋아하는 작가 조유재입니다. 운동장에서 친구들이랑 축구를 하고, 학교도서실에서 책을 읽는 시간이 정말 신납니다. 저는 장르를 가리지 않고 모든 종류의 책을 읽는 것을 좋아하는데, 특히 추리소설이나 액션, 스릴러를 좋아합니다. 그래서 저의 첫 글쓰기 장르를 추리소설로 정했습니다. 추리소설 중에는 명탐정 셜록 홈즈 시리즈를 제일 좋아해서, 제 글에도 명탐정을 등장시켰습니다.

이 책을 쓰며 많은 생각을 해보았습니다. 처음에는 어떤 장르로 할지, 등장인물은 어떻게 할지, 이야기의 전개는 어떻게 할지, 너무나 정해야 할 게 많아서 고민의 시간을 보냈는데, 시간이 지날수록 자세한 것들에 신경을 쓰고 이야기를 완성해 나갈 수 있었습니다. 그렇게 하다 보니 사건의 전개가 3으로 연결되는 흥미로운 이야기를 쓸 수 있었습니다. 제 친구들과 다른 많은 사람이 나의 첫 이야기 『조지 라신 3.3.3 실종 사건』을 재미있게 읽어주었으면 좋겠습니다. 그동안 제가 원하는 것을 완성하기 위해 엄마, 아빠, 누나, 친구들, 선생님이 도와주셨지만, 이번에는 제 힘으로 글을 쓰고, 그림도 그리고, 작가가 되어 책을 만들어 내다니 정말 기분이 좋습니다.

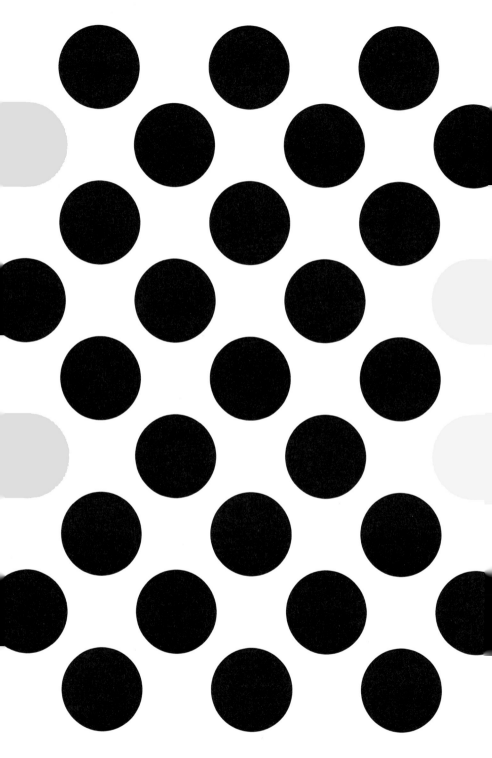

으스스한
산책

글 | 그림 유지호

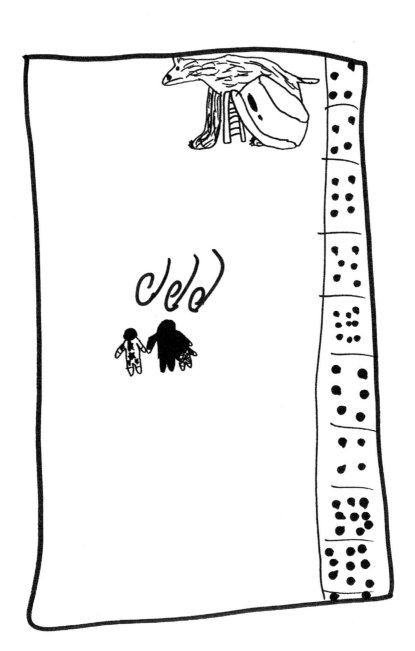

소곤소곤

1

엄마랑 아빠랑 저녁을 먹고 산책을 하려고 밖으로 나왔다.

어둡고 바람이 불어서 닭살이 돋았다.

왠지 으스스한 기분이었다.

산책을 가는 길에 불이 다 꺼진 건물도 있었고, 문을 닫은 카페랑 가게들이 중간중간 있었다.

2

그리고 새로 지어진 동네로 들어갔는데, 바닥에 아기인형이 있어서 너무 무섭고 깜짝 놀라 고양이처럼 뛰어 올랐다.

엄마, 아빠가 나를 보고 "하하하" 웃었다.

나는 너무 무서워서 심장이 두근두근 숨이 거칠어졌다.

그래서 엄마 옆에 자석처럼 붙어서 걸어갔다.

소곤소곤

3

조금 더 걸어가니 이번에는 갑자기 똥 냄새가 마구 나기 시작했다.

코를 막아도 냄새가 계속 나서 구역질이 날 것 같았다.

엄마, 아빠는 이게 비료 냄새라고 했지만, 나는 그 냄새가 너무 싫었다.

4

산책을 다 하고 집으로 돌아가는 길은 더 어두웠다.

엄마, 아빠와 얘기를 하며 가다가 가발 집이 나왔는데, 많은 마네킹과 눈이 마주쳤고, 나는 "꺄아아악!" 소리를 질렀다.

옆에 있던 엄마도 내 비명에 깜짝 놀라 소리를 질렀다.

아빠는 우리를 보며 매우 재밌어하며, "하하하" 웃겨 죽을 뻔했다.

소곤소곤

5

너무 무서운 산책이면서 무서운 하루였다.

안녕하세요.

저는 축구와 게임을 좋아하는 10살 유지호입니다.

『으스스한 산책』은 동화형식으로 엄마 아빠와 산책을 하며 겪었던 일들을 재미있게 써보았습니다.

그동안 책은 읽어보기만 했지 실제로 만들어 보는 건 처음이라 긴장도 되고 걱정이 컸습니다.

하지만 다른 8명의 작가님과 함께 시간을 보내고, 배우며, 막상 해보고 나니 참 재미있고 설렜던 시간이 되었습니다.

독자에게 전합니다

재미있게 읽어보셨나요?

제가 경험하는 사소한 일들도 글쓰기의 좋은 소재가 될 수 있다는 걸 배웠습니다. 그래서 어색하고 어려웠지만 글, 그림을 열심히 작업해서 완성해보았습니다.

부족하지만 재밌게 봐주셨으면 좋겠어요.

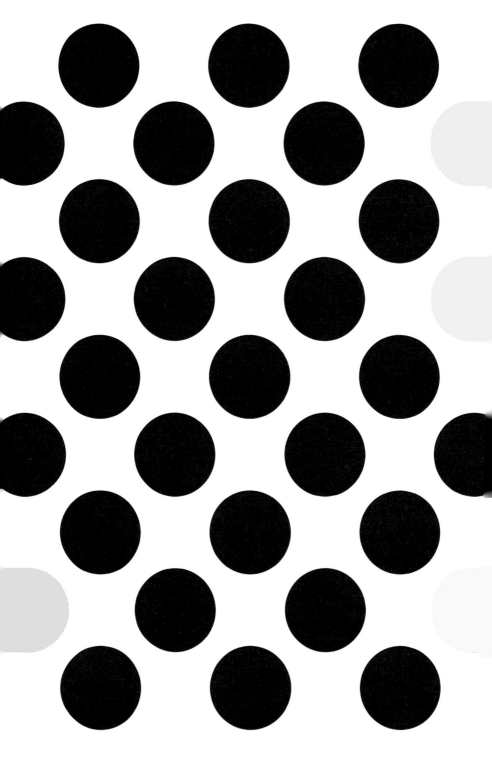

마이크로
봇의
여행

글 | 그림 홍채민

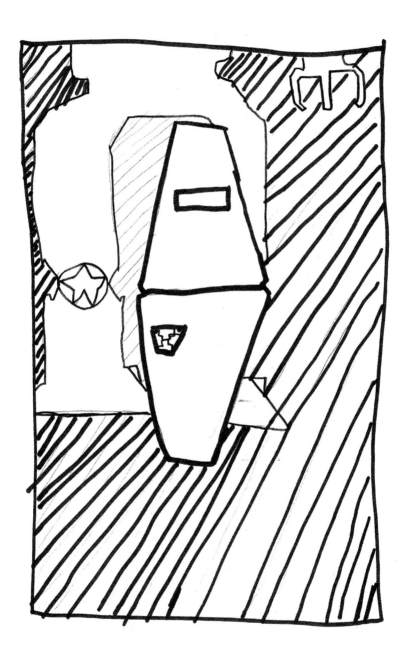

118

아주 똑똑해서 버튼 하나만 누르면 자기보다 큰 수트를 소환할 수 있는 마이크로 봇이 있었다. 하지만 마이크로 봇은 자기가 작은 게 싫었다. 그래서 마이크로 봇이 큰 공룡 로봇이 되기 위해 작가에게 갔다.

작가는 말했다.

"첫 번째 소원은 무료지만, 두 번째 소원부터는 미션을 수행해야 하는데 괜찮겠니?"

마이크로 봇은 괜찮다고 했다.

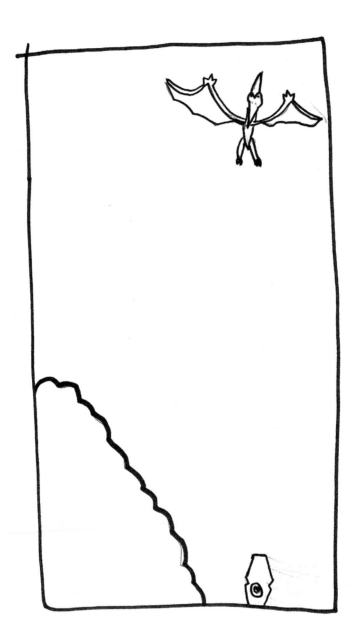

소곤소곤

그래서 마이크로 봇은 큰 공룡 로봇이 되게 해달라고 했다.

그런데 작가는 공룡 시대로 가게 해달라는 건 줄 알고, 마이크로 봇을 공룡 시대로 보내주었다.

공룡 시대로 온 마이크로 봇은 어리둥절해 하며 자기 몸을 봤다. 그런데 아직도 작은 마이크로 봇이었다. 마이크로 봇이 주위를 둘러보는데, 하늘에서 익룡이 내려오고 있었다. 그래서 마이크로 봇은 풀숲에 숨었는데, 거기에 쥐처럼 작은 공룡 한 마리가 있었다. 마이크로 봇은 여기가 어디냐고 물어보았다. 작은 공룡은 이렇게 대답했다.

"여기는 공룡 시대야. 너는 뭐니?"

"나는 마이크로 봇이라는 로봇이야. 내가 공룡 로봇이 되려고 작가에게 부탁했는데, 여기로 오게 되었어. 혹시 작가가 어디 사는지 너는 아니?"

마이크로 봇이 묻자, 작은 공룡은 이렇게 대답했다.

"저 골짜기를 넘으면 큰 문이 있어. 그 문으로 들어가면 아주 큰 공룡이 있어. 그 공룡과 싸우면 작가를 만날 수 있다고 들었어."

마이크로 봇의 여행

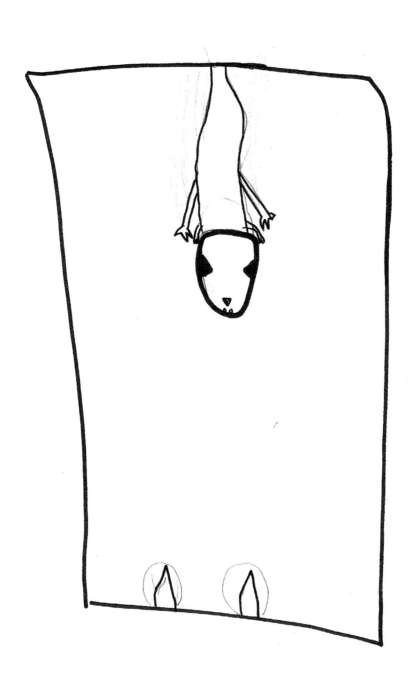

소곤소곤

마이크로 봇은 고맙다고 하고 길을 떠났다.

골짜기를 넘자, 진짜 큰 문이 있었다. 마이크로 봇은 너무 작아서 그 문을 열 수가 없었다. 대신 마이크로 봇은 문틈 사이로 들어갈 수 있었다. 그러자 엄청 거대한 공룡이 있었다.

마이크로 봇은 너무 무서워서 작전을 세웠다. 일단 돌멩이를 던져 거대한 공룡을 맞췄다. 그다음에는 수트를 소환할 수 있는 버튼을 눌러, 파워 수트를 소환해서 수트 안으로 들어갔다. 그러자 돌멩이를 맞은 공룡이 화가 나서, 마이크로 봇에게 뿔을 겨누며 달려왔다.

마이크로 봇은 부스터를 켜서 하늘로 슝 날아 거대한 공룡을 피했다. 그리고 하늘에서 공룡에게 레이저 포를 쐈다. 공룡은 그걸 맞고 해롱해롱하다가 넘어졌다. 마이크로 봇은 허리춤에 걸어 놓았던 밧줄을 꺼내서 해롱해롱하던 공룡을 묶어 두었다. 그리고 안에 있던 다른 문으로 들어갔다.

그 안에는 작가가 기다리고 있었다.

마이크로 봇은 수트에서 나와, 작가에게 이렇게 부탁했다.

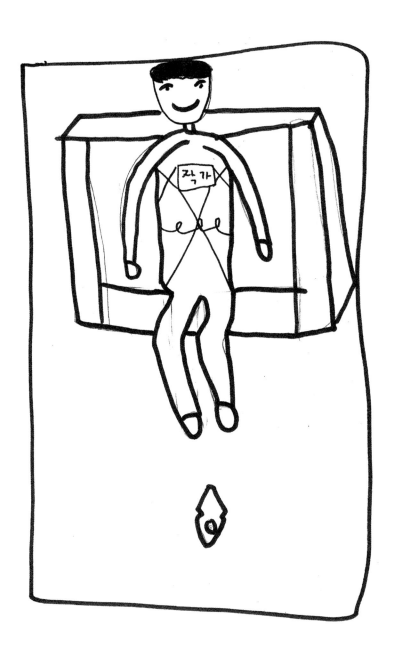

"다시 제 마을로 돌아가서 큰 공룡 로봇이 되게 해주세요."

그러자 작가가 말했다.

"그러면 미션을 수행해야 해. 마법의 약초를 구해오면, 네 소원을 들어주마."

그러면서 지도를 주었다.

"그런데 마법의 약초를 구하려면 험한 산을 올라야 할 거야."

작가는 말했다.

마이크로 봇은 지도를 들고 다시 수트 안으로 들어가 길을 떠났다. 지도를 따라가니 산이 있었는데, 산을 오르려면 절벽을 올라야 했다. 하지만 수트의 부스터 덕분에 쉽게 올라갈 수 있었다. 꼭대기로 올라가자 마법의 약초가 보였다. 마이크로 봇은 마법의 약초를 가지고 작가에게 돌아갔다.

마이크로 봇은 작가에게 자기가 원하는 소원을 말했다. 약초를 받은 작가는 마이크로 봇을 마을로 돌려보내고, 큰 공룡 로봇이 되게 해주었다.

마을로 돌아온 마이크로 봇은 맨 먼저 자신의 몸을 확인했다. 이제 진짜 큰 공룡 로봇이 되어있었다. 마이크로 봇은 너무 기뻐서 친구들과 가족에게 자랑했다.

　마이크로 봇은 작은 로봇을 도와주고, 위험할 때는 구해줄 수 있는 큰 공룡 로봇이 된 것이 기뻤다.

작가를 소개합니다

저는 작가 홍채민입니다. 어릴 때부터 그림 그리기와 블록 만들기를 좋아했는데, 특히 내 마음대로 로봇을 그리거나 만드는 것을 좋아했습니다. 요즘에는 종이접기를 좋아합니다. 종이접기로는 드래곤, 팽이, 미니카를 주로 접어서 친구들과 대결도 합니다. 제가 좋아하는 과목은 과학, 체육, 미술입니다. 좋아하는 동물은 강아지, 고양이, 앵무새, 돌고래, 거북이지요. 그리고 저의 꿈은 종이접기 유튜버와 로봇 발명가입니다. 제가 만든 로봇이 마이크로 봇처럼 공룡시대를 탐험할 수 있으면 좋겠습니다.

저는 공룡시대도 좋아하고 로봇도 좋아합니다. 그래서 마이크로 봇의 모험을 썼습니다. 마이크로 봇은 아이들의 새끼손톱만 한 아주 작은 로봇입니다. 하지만 마이크로 봇은 용감하고 영리해서 자기가 원하는 모습으로 변할 수 있습니다.

저는 마이크로 봇이 작지만, 어려운 일을 못하는 것은 아니라는 걸 보여주고 싶었습니다. 독자들도 아무리 힘든 일이 있어도 끈기 있게 도전하면 마이크로 봇처럼 해낼 수 있을 거라고 믿습니다. 독자들이 이 이야기를 읽고 즐거워하면 저도 뿌듯할 것 같습니다.

chapter 3
|
마음이 전해준 이야기, 조곤조곤

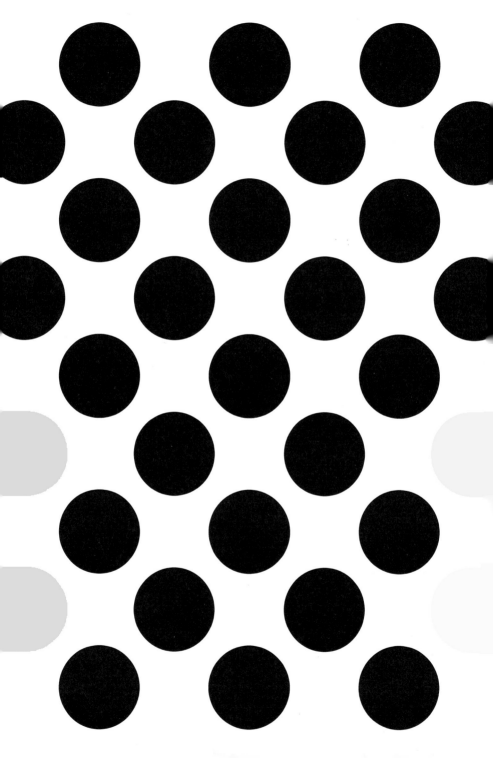

잘못
보내진
편지

글 | 그림 서민지

사소한 일이지만 뭔가 짜증 나는 일 있잖아, 예를 들어 이런 거. 새 신발을 신고 가다가 흙탕물을 밟았다든지, 엘리베이터를 잡았는데 내려가 버렸다든지 이런 일들. 그런 성가신 일들이 나한테는 자주 일어나더라고. 그 빈도가 너무 잦아서, 시험 전날 징크스도 대여섯 개는 돼.

　물론 이런 말을 하면 혜리는 비웃어. 내가 그런 거에 얽매여 산다고.

　"언니, 미신 따위 좀 믿지 마!"

소곤소곤

걔가 코웃음을 치며 말하지. 나는 심각한데 말이야. 자기는 아직까지 산타가 있다고 믿으면서.

가끔 난 혜리를 보면 신기해. 너무 현실주의자라서.

부모님이 늦게 들어오신 비 오는 날 밤, 나는 두려움에 떨었어. 집에 벼락이 떨어질까 봐. 내가 이불 속에서 오들오들 떨고 있는데, 걔는 나한테 아끼는 장난감을 주며 이러더라.

"괜찮아, 언니! 이렇게 비가 쬐끔 내리는데, 설마 튼튼한 집이 없어지겠어?"

그때 혜리는 겨우 6살이었는데 말이야. (나는 8살이었고!)

나는 그때 알게 돼버렸어. 혜리와 내가 바뀌었단 걸! 걔가 언니가 됐어야 했는데 말이야. (그냥 웃자고 하는 소리야. 하지만 그땐 진심이었지)

어쨌든 커가면서 내가 걱정이 많고 혜리가 대담하단 걸 알게 됐지. 혜리는 말도 행동도 대담해서 자주 다쳤어. 혜리는 눈물을 찔끔거리는 정도였지만, 난 그 옆에서 아주 대성통곡을 해서 다들 내가 다친 줄 알 정도였지.

그렇게 혜리를 위해 대신 울어주던 어느 날, 또 다른 깨달음을 얻게 됐지. 나는 나 자신을 위해 행동하진 않았던 거야.

정신을 차려보니 학교에 친구들은 하나도 없고, 매달 받는 용돈도 내 수중에 없었어. (다 통장으로 가거나 혜리에게 빌려주거나 했거든)

그때부터인가? 나는 걱정 많은 성격을 고치는 동시에 남들을 위한 눈물을 저 깊은 마음속에 봉했어. 그리고 조금은 이기적이 되기로 했지. 나에게 찾아오는 행운을 모두 붙들기로 했어. 사양하거나 남에게 양보하지 않고.

하지만 결심한 뒤론 행운이 별로 안 생기더라고. 왜인지.

그래서 앞에서 말한 대로, 어마어마하게 많은 징크스와 함께 그럭저럭 괜찮은 삶을 보냈어. 매우 평범했지. 친구는 서너 명, 성적은 중간, 성격도 보통, 외모도 평범.

그 상황에서 어떻게 했느냐고? 죽어라 노력했지. 그 결과는, '훌륭함'까진 아니었지만 '준수함' 정도는 되었어. 나는 혜리가 조금 부러워졌어. 걔는 맨날 자신만만했거든.

"행운은 모두 내 손안에 있어!"

이렇게 득의양양해 하면서. 그래서 (지금보다 미신을 훨씬 많이 믿었던 시절) 그 성격을 조금 옳고 싶어 온갖 짓을 다 했다니까.

✱   ✱   ✱

벌써 여름이 오고 있는 것 같아. '여름' 하니까 나의 징크스가 생각나네. 바로 가을이 오기 전에 수박을 꼭 먹어야 한다는 것! 이 징크스는 유일하게 내가 직접 만든 것이었어.

난 어렸을 때부터 수박을 좋아했어. 그래서 시원하고 달콤한 수박을 즐길 수 있는 여름이 가장 좋았지. 여름에는 앉은 자리에서 수박 반 통을 혜리와 먹을 정도였으니, 이 정도면 내가 수박을 얼마나 좋아하는지 알겠지? 그러던 어느 날 이런 생각이 들었어.

'꼭 징크스가 나쁜 것만 있어야 할까?'

그렇게 만들어진 '수박 징크스'는 나의 여름을 더욱 즐겁게 만들어 주었지. 수박을 못 먹을 땐 수박 맛 하드를 먹었어.

수박 맛 하드는 내가 거의 유일하게 좋아하는 - 혜리는 이런 나를 신기하게 보지. (갠 하드 3개는 기본이야) - 아이스크림이기에 엄청나게 먹었지.

142
—
소곤소곤

나는 특히, 수박 맛 하드의 끝부분을 좋아했어. 수박의 '껍질'에 해당되는 부분.

진짜 수박은 껍질이 아주 쓰고 딱딱하잖아. 어릴 때 그 사실을 모르고 베어 물었다가 실망한 적이 있어. 얼마 전에 책에서 이런 글귀를 보았어.

'인생은 ＿＿＿＿＿＿＿＿ 다.'

직접 써보라는 거였어. 그래서 나는 공책에 따로 이렇게 써 넣었어.

'인생은 수박 맛 하드의 껍질 부분이 아닌, 진짜 수박의 껍질이다.'

생뚱맞게 뭔 소리냐고? 그냥 뭐랄까, 인생이 꼭 달콤하지만은 않은 것 같아서.

그런데, 과연 그럴까? 사람들은 말해.

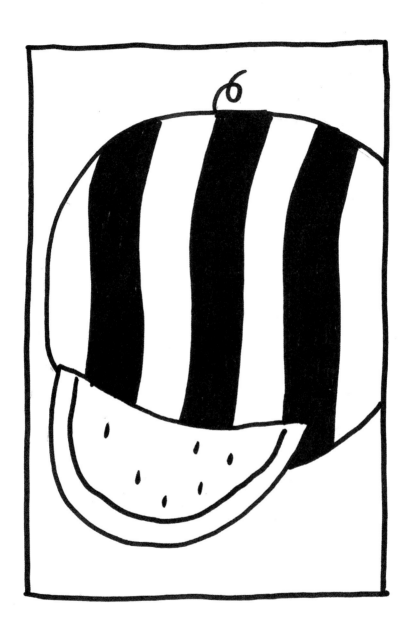

144
—
소곤소곤

'인생은 멀리서 보면 희극이고, 가까이서 보면 비극이다.'

그런데 나는 조금 다르게 생각해. 인생은 별 볼 일 없는 것 같지만, 실은 소소한 행복이 나를 살아가게 하는 것 같아. **겉껍질은 단단하고 쓰지만 속은 붉고 달콤한 수박처럼.**

✱   ✱   ✱

이제부터 내게 행운이 찾아온 이야기를 해줄게.

그날은 습기 가득한 비 오는 날이었어. 얼마나 눅눅하던지, 전날 밤 창문을 살짝 열어놓고 잤더니 방 안이 온통 눅진해졌어. 공책에 습기가 찼다며 소리치던 혜리의 목소리가 귀에 선하다니까.

아침부터 시작된 비는 하교할 때까지 그치지 않았어. 온몸이 끈적한 탓에 불쾌지수는 극에 달했고, 결국 하드를 하나 물고 집에 갈 수밖에 없더라고. 너무 맛있어서 한 번 놀라고, 너무 차가워서 또 한 번 놀랐지 뭐야.

원래는 학교가 끝나면 30분 정도 교실에 있다가 집에 가곤 했어. 그런데 그날은 날씨가 엉망인 탓에 다들 일찍 갔지.

소곤소곤

나도 평소보다 일찌감치 하교했는데…, 문 앞에서 엄마를 딱 만난 거야.

"마침 잘됐다. 분리수거 좀 해줄래?"

거절하고 싶었지만, 그땐 그럴 수 없었어. 하필 저녁에 일이 있어서 엄마 아빠 모두 일찍 준비해야 했거든. 혜리는 수요일에만 가는 검도 학원에 가 있었고.

'차라리 교실에 남아있을 걸 그랬어!'

웅얼거리면서 분리수거장에 갔어.

엄청나게 무거운 박스를 들고 걸어가는데, 갑자기 물웅덩이를 밟고 싶어지지 뭐야? 물웅덩이를 밟으면 안 된다는 것도 내 징크스 중 하나였어. 그리고 동시에 이런 생각도 들더라고.

'뭐 어때, 오늘 아침에 징크스를 하나 깼는데.' (아침에는 알람 시계가 울린 후에 일어나야 한다. 다행히 여태껏 알람시계가 고장 난 적이 없어서, 지각을 한 적도 별로 없었지)

그래서 보이는 웅덩이마다 신나게 철벅철벅 뛰어다니면서 갔어. 신발에 물이 가득 차더라고. 10분 정도 철벅거렸던 것 같아.

그때 갑자기 내 쪽으로 바람이 불었어. 박스를 드느라 다 써 버린 두 손은 우산을 붙들 수 없었고, 결국 우산은 저 멀리 날아갔어.

"악, 우산! 우사아아안!"

박스를 내려놓고 헐레벌떡 뛰었어. 억수같이 쏟아지는 비(와 땀)에 온몸이 젖은 채로.

그렇게 또 빗속을 뛰어다닌 나는 잠시 뒤 허탈하게 웃고 말았어. 몰골이 말이 아니었던 거야. 머리카락은 젖어서 얼굴에 착 달라붙었고, 옷은 한 번 짤 때마다 물이 뚝뚝 흘렀어. 싸구려 비닐우산을 잡겠다고 이 날씨에 생난리를 치다니….

"야옹, 야옹."

가냘픈 소리에 멈칫하고 말았어.

* * *

새끼 고양이를 발견한 그 순간엔 시간이 슬로우모션처럼 느리게 흘러갔는데, 그 이후 일은 아주 빠르게 흘러갔어.

서둘러 데려와 혜리에게 연락하고, 임시로 보금자리를 마련

하고, 병원으로 데려간다고 허둥대고…. 난리도 아니었지.

그런데 벌써 반년이나 지났다는 게 신기해. 그날의 새끼 고양이는 결국 가족이 됐고, 이름은 '수박'이 됐어. 나의 말도 안 되는 논리 덕분에….

내가 발견했으니 이름도 직접 지어야 한다고 나는 주장했어. 혜리는 '그래 네 맘대로 해라'라는 눈빛으로 아무 말도 하지 않았지. 내가 '수박'이라고 이름을 지은 데는 따로 이유가 있어. 아무에게도 말하지 않았지만.

나는 이 고양이가 '겉은 단단하고 굳세지만, 속은 부드럽고 다정했으면 좋겠다'라고 생각했어. 곧 그에 걸맞는 이름을 생각해냈지.

수박.

수박 말이야.

겉은 단단하지만 속은 보드랍고 달콤한.

수박.

원래 수박을 좋아하긴 하지만, 나는 '수박'이라는 이름이 좀 특별하다고 느꼈어. 그 안에 의미가 담겨 있으니까. 그리고

소곤소곤

'수박' 징크스는 내가 일부러 만든 것이고, 고양이 '수박'이는 내가 징크스를 깨면서 만난 아이였어.

있지, 수박이가 찾아온 뒤로 나에게 좋은 일이 많이 생긴 것 같아. 얼마 전 새로 이사 온 윗집 여자애 소미와 친해졌어. 친해진 계기는 - 이쯤 되면 다들 알겠지만 - 고양이를 키우고 있다는 거였지!

그 집 고양이는 이름이 '꾸꾸'래. 몇 번 만났는데 처음에는 경계심이 있는지 내 옆을 맴돌기만 했어. 그런데 저번에 수박이가 엄청 좋아하는 츄르를 주니 금방 친해지는 거 있지? 소미가 '얄미운 놈'이라고 말하면서 꾸꾸한테 눈을 흘겼고, 우리는 배꼽이 빠지게 웃었어. 가끔은 그런 생각을 해.

'징크스를 깨지 않았다면, 수박이는 발견하지 못했겠지?'

그러니까, 징크스를 깬 덕분에 행운(수박이)이 찾아왔다는 거지. 전에는 엄청나게 노력해도 오지 않던 행운이 이렇게 간단히 찾아오다니. 그래서 요즘은 징크스를 줄이려고 노력해.

예전에 비하면 많은 게 바뀐 것 같아. 기나긴 겨울방학(중학교 생활까지. 다행히도 소미랑 같은 중학교였어)을 같이 보낼 친구도

생겼고 (+고양이), 용돈은 요즘 너무 써버려서 걱정일 지경이야.
(수박이 장난감 사느라)

　그러니까 내 말은, '수박이가 내 인생의 전환점 같다!' 이런
생각을 하게 된다고.

✳　　✳　　✳

　이런, 수박이가 놀아달라고 야옹야옹 우네.

　이제 9개월이면 어른 다 됐을 텐데. 수박이도 혼자서 놀 줄
알면 좋을 텐데 말이야. 아직은 옆에서 같이 놀아주길 바란다
니까. 혜리까지 재촉하니 이제 마쳐야겠다.

　음…, 어쩌다 이렇게 길게 썼는지 모르겠어. 처음에는 그냥
'느린 우체통'에 넣으려고 시작한 건데. 10년 뒤에 다시 보내
준다는 게 특이해서.

　사실 가벼운 마음으로 썼는데, 분량이 너무 많이 나와서 나
도 놀랐어. 최대한 누구에게 설명하는 느낌으로 쓰려고 노력
했어. 너무 제삼자한테 말하는 느낌이 들긴 하지만…. 10년 뒤
에 내가 아예 기억을 못하진 않을 텐데 말이야.

뭐에 홀렸나? (웃음) 10년 뒤의 나는 징크스에 매여 살지 않으면 좋을 텐데….

솔직히, 진짜 10년 뒤에 보내줄지 믿음이 안 가긴 해. 설마 다른 사람한테 잘못 보내지거나 그러는 건 아니겠지?

작가를 소개합니다

안녕하세요. 작가 서민지입니다. 이야기를 다 읽으면 보시다시피 고양이가 아주 중요하게 나오는데요, 대부분 알아차리셨을 것 같네요. 네, 저 고양이 러버입니다. 제가 독서도 엄청 좋아하다 보니 고양이가 나오는 책도 엄청나게 읽습니다.

오히려 없어서 못 읽어요. 뭐, 미래의 '고양이님'을 위한 지식이라고 해두죠. 그리고 또 중요한 사실이 있습니다. 이 이야기를 쓴 후 갑자기 수박 덕후가 되었다는 것입니다. 수박 젤리, 수박 아이스크림, 그냥 수박…. 수박이가 후속작을 써달라고 신호를 보내는 걸까요? 아니면 기분 탓…? (요즘이 여름이다 보니 수박이 하도 많기는 합니다만…)

무슨 이유든 간에 후속작은 써보고 싶네요. 이야기 속 인물들이 너무 맘에 드는 터라…. 내년이나 내후년쯤…? 그때부터 써볼게요. (글을 쓰는 건 쉬운 일이 아니랍니다) 서점에서 잘 지켜보고 계세요. 얼마 안 걸립니다.

또 다른 책으로 독자 여러분과 만나길 원하는, 작가 서민지

독자에게 전합니다

이 이야기를 다 읽으신 분들이 의문을 가질 수도 있을 것 같아 적습니다. 사실 제 의도는 이것이었습니다.

'14살의 주인공이 10년 뒤 자신에게 편지를 보낸다. 하지만 편지는 잘못 배달되어 독자 여러분에게로 온다.'

조금 더 덧붙이자면 독자 여러분은 가상의 소녀 이야기가 아닌, 이 세상 어딘가에서 살아 숨 쉬는 소녀의 편지를 받은 것입니다. 그리고 또 전하고 싶은 이야기가 있습니다. 주인공은 징크스를 깨고 수박이와 만났습니다.

독자 여러분도 각자 가지고 있는 징크스를 깨면 새로운 만남, 혹은 값진 것이 생기지 않을까요? 행운은 멀리 있지 않습니다. 독자 여러분의 새로운 도전을 응원합니다.

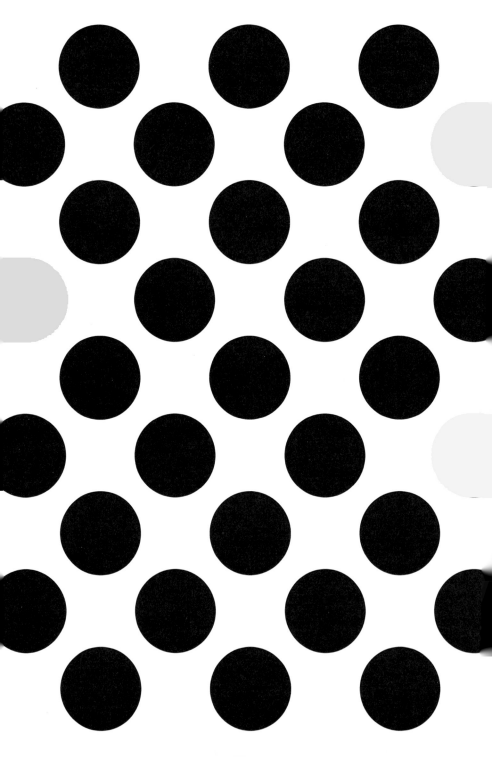

로봇이
되었어요!

글 l 그림 홍채윤

1

소신이가 4학년이 되던 해, 엄마가 말했어요.

"소신아, 이제부터 엄마가 하라는 대로 해야 공부 100점 맞을 수 있어. 잘할 수 있지?"

"네."

소신이는 100점을 맞아 엄마를 기분 좋게 해드리기로 했어요.

소곤소곤

2

　그날부터 소신이는 매일 학원 3곳을 다니고 주말에는 하루 종일 학습지를 풀었어요. 그런데, 소신이는 몰랐지만 소신이의 팔다리는 차갑고 딱딱해지고 있었어요.

소곤소곤

3

한 달이 지나자, 소신이의 성적은 많이 올랐어요. 엄마는 칭찬했어요.

"어쩜 이렇게 잘 풀 수 있어?"

그때는 소신이의 몸통이 다 철 덩어리가 되어있었지요.

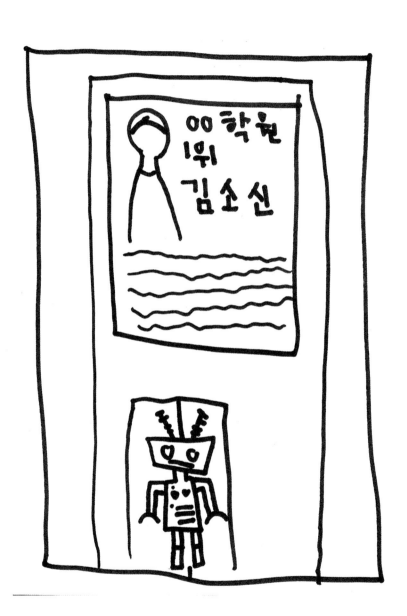

소곤소곤

4

그렇게 다섯 달이 더 지났어요. 이제 소신이의 몸 전체가 차디찬 로봇이 되어있었어요. 소신이를 포함한 모두가 소신이의 변화를 몰랐어요. 소신이의 옛 친구 단당이만 빼고요.

5

어느 날 단당이는 소신이와 벤치에 앉았어요.

"요즘 네가 너무 많은 학원에 다니는 것 같은데, 너는 괜찮아?"

당단이가 물었어요.

"응."

소신이가 말했어요.

"정말이야?"

당단이가 다시 물었어요.

"아니⋯."

소신이가 조금 떨리는 목소리로 말했어요.

"혹시, 가기도 싫은데 왜 계속 학원에 다니는지 대답해 줄 수 있어?"

당단이가 조심스레 물었어요.

로봇이 되었어요!

소곤소곤

6

소신이는 머뭇거리다가 대답했어요.

"엄마를 행복하게 해주려고⋯."

"그것 때문에 그렇게 힘들게 공부한 거야?"

당단이가 물었어요. 그리고 소신이의 눈을 똑바로 보며 말을 이었어요.

"소신아, 너는 네가 원하는 것도 생각할 필요가 있어. 자신이 원하는 것을 하는 게 제일 중요해. 네가 지금 제일 하고 싶은 게 뭐야?"

7

소신이는 지난 여섯 달 동안 품고 있던 자신의 마음을 떠올리고는 말했어요.

"나는 친구들과 놀고 싶어."

"그럼 지금 어머니께 허락받고 나랑 놀래?"

당단이가 말했어요.

"하지만 거절당하면 어쩌지?"

소신이는 두려웠어요.

174
—
소곤소곤

8

"그렇다 해도 감정은 표현해야 해."

당단이의 말에 소신이는 잠시 생각하더니 말했어요.

"응, 알았어."

이때 소신이의 얼굴이 돌아왔어요.

소신이는 집으로 달려갔어요.

9

현관문에 들어서자 엄마가 보였어요.

"엄마, 저, 친구랑 놀아도 돼요?"

이 말을 했을 땐, 몸통이 돌아왔답니다!

작가를 소개합니다

저는 『로봇이 되었어요!』의 작가 채윤이에요. 저는 어릴 때부터 곤충을 비롯한 생물에 관심이 많았어요. 그래서 7년 동안 매주 숲에 다니고 있어요. 저는 숲에서 다양한 동식물도 많이 관찰하고 여러 가지 경험을 해서 그런지 상상력이 풍부한 것 같아요. 그리고 숲은 저에게 편안함과 자유로움을 주어요. 최근에는 낚시에 꽂혀서 열심히 대물들을 끌어내고 있는 중이랍니다. 저는 낚시와 등산, 스쿠버 다이빙 같은 야외 레저 활동을 좋아하며 꿈은 동물 다큐멘터리 찍기, 유명 유튜버 되기, 고래 만나기 등이 있어요. 그리고 그것들을 이루기 위해 최선을 다해 도전하고 있답니다. 아 참! 작가가 되는 것도 멋진 꿈인 것 같아요!

독자에게 전합니다

 여러분은 혹시 자기 자신을 잃어버릴 때가 있나요? 몸과 마음은 자신의 것인데, 다른 사람이 원하는 대로 하다 보면 자기 자신과 멀어지게 돼요. 여러분 중에도 자신이 원하는 게 무엇인지 모르는 독자가 있을지 몰라요. 저도 종종 그런 친구들을 보아요. 그런 친구들은 다른 사람들이 원하는 대로 행동하고, 자신의 마음에 대해서는 잘 모르는 것 같아요. 그런 친구들에게 이 말을 꼭 전하고 싶어요. 세상에서 가장 소중한 사람은 바로 '나'예요. 다른 사람들은 우리에게 "그게 뭐냐?" "그냥 이렇게 해!"라고 할 권리가 없어요. 우리가 하는 행동은 뭐든 다 '나'다운 거니까요. 또, 그런 말에 상처받을 필요 없어요. 절대 바뀌지 않는 한 가지 사실이 있기 때문이에요. 그것은 우리 모두가 존재만으로 소중하다는 거예요. 여러분이 저의 글을 읽고 우주에 '나'는 하나밖에 없는 소중한 존재라는 걸 느꼈으면 좋겠습니다.

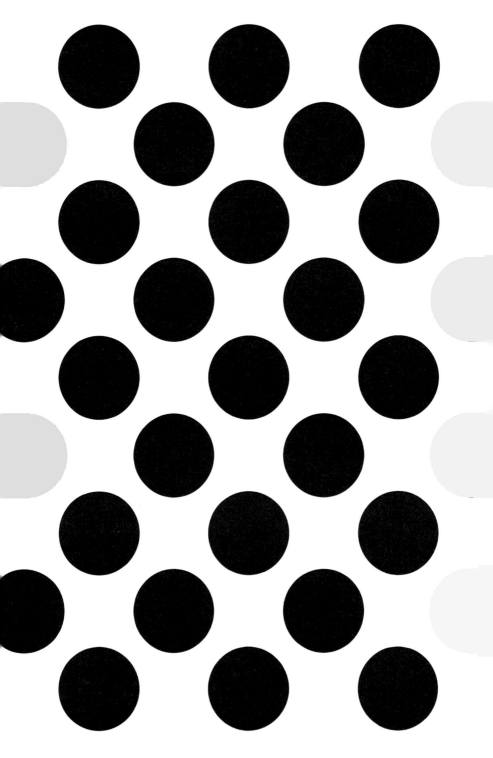

공은
둥글고
승부는…,
예측할
수 없다!

글 원석준

1장

이하림의 중학교 이야기

드디어 누군가가 말을 했다.

"봄철 중학교 대회에서 이겨서 결승전으로 가자!"

"야, 이하림이 누구야?"

"아, 이관백, 왜 이렇게 늦었냐?"

"우리의 중학교 첫 시합 아니야?"

"그래, 이하림. 우리의 목표는 우승이다!"

"그래, 가자!"

삐삐삑-.

"시합 시작하겠습니다!"

"상대는 우승 후보! 하지만 부딪혀 보지 않으면 알지 못하는 법! 자, 우리는 우승까지 갈 거지? 그럼 이기자. 아자, 아자, 아자!"

"네! 주장!"

"네! 우승 후보인 서울중학교 대 신생축구부 구미중학교의 경기 시작하겠습니다. 킥오프는 구미중학교입니다."

"자, 이하림 선수가 이관백 선수에게, 이관백 선수가 만기수 선수에게 슛! 아, 골키퍼가 막았어요. 슈퍼 세이브예요! 골킥입니다. 골키퍼가 허당수 선수에게 패스를 하고요. 허당수 선수, 허당수 선수! 골, 골이에요!"

그 후에도 우리 팀은 계속 골을 먹었다. 나는, 나는 졌다…. 첫 시합이었는데 5:1로 졌다.

'허당수, 꼭 너를 이길 거야!'

2장

고상 고등학교

　나는 서울중학교와의 시합에서 진 다음 고상고등학교에 이관백과 함께 입학했다. 내가 축구를 시작한 이유도 바로 고상고등학교 때문이다. 왜냐하면, 형이 그 학교에서 득점왕도 하고 우승도 해서 나도 그 모습을 보고 반해서 16살 때 축구를 좋아하기 시작했다. 그런 내가 고상고등학교에 입학했다.

　"야!"

　이하림이 큰소리로 외치자, 옆에서 놀란 이관백이 말했다.

　"너 지금부터 이러면 어떻게 해? 우리가 우승할 때도, 이 형

공은 둥글고 승부는…, 예측할 수 없다!

님이 득점왕 할 때는 얼마나 놀라려고 그러냐?"

이관백의 말에 이하림이 짜증을 냈다.

"야, 네가 키만 크지. 내가 먼저 태어났거든! 두고 봐. 내가 널 이기고, 형이 우승한 대로 우승하고, 득점왕 한 대로 득점왕 할 거다!"

이하림이 이렇게 말하자 이관백이 대꾸했다.

"야, 너도 윙, 나도 윙. 난 레프트윙, 넌 라이트윙. 누가 골 많이 넣는지 해보자!"

그러자 옆에 있던 이하림이,

"그래. 네가 이기나 내가 이기나 해보자!"

이하림이 말하자 옆에 있던 이관백이,

"수업 끝나고 축구부에 가보자!"

몇 시간 뒤, 드르륵 축구부의 문이 열렸다.

"안녕하세요! 저는 이하림이고, 이 친구는 이관백입니다."

옆에 있던 이관백이 건성으로 인사했다.

"안녕하세요."

이걸 듣고 있던 주장 하송준이 말했다.

"이기림 선배님의 동생인 이하림. 너는 남아도 되지만, 이관백 년 축구에 의지가 없다. 너는 그만둬라!"

하송준의 말에 충격을 먹은 이하림이 말했다.

"저는 얘 없이는 축구 못해요. 실력 테스트라도 시켜 주세요."

이하림의 말을 유심히 들은 하송준이,

"좋아! 내일 점심시간에 체육관으로 와라!"

공은 둥글고 승부는…, 예측할 수 없다!

3장

이관백의 테스트

체육관에서 나오자마자 이하림이 말했다.

"네 원래 성격으로는 명랑하게 대답하지 않아? 무슨 생각으로 건성으로 대답을 하냐? 야, 테스트가 뭔진 알아?"

이하림이 이렇게 말하자 이관백이,

"어. 그러니까 축구부 주장인 하송준의 발에서 공을 빼내면 되는 거 아니야? 그리고 원래라면 명랑하게 대답했겠지만, 그 하송준이라는 사람, 처음 봤을 때부터 기백이 남달랐어. 한번 그 사람의 실력이 어느 정도인지 짚고 넘어가는 게 좋을 것 같아."

옆에 있던 이하림이 한숨을 쉬면서 말했다.

"하…. 넌 뭐 그렇게 호기심이 많냐? 일단 집에 가서 자고 내일 학교에서 말하자."

"어."

그렇게 이관백과 이하림이 헤어진 후, 다음 날 아침 3교시 수업 시간. 이하림이 말하고 있었다.

"10, 9, 8, 7, 6, 5, 4, 3, 2, 1! 선생님 쉬는 시간이에요!"

그 순간,

"따라라라링 라링라로롱 로로롱로롱로링 따란 따리리 따란."

선생님이 말했다.

"그래. 쉬렴."

이하림이 바로 옆 반으로 뛰어갔다.

"야, 이관백!"

5반 아이들의 시선이 다 이하림에게 쏠렸다. 이관백이 다가

오면서 얘기했다.

"야, 조용히 말해!"

"아, 미안."

"근데 하송준의 테스트는 어쩔 건데?"

이관백이 이하림의 이야기를 듣더니 피곤한 기색으로,

"하암! 새벽부터 연습했지."

이관백의 말을 들은 이하림이 놀란 기색으로,

"아…! 그럼 나중에 봐."

50분 후 체육관에 모인 이하림, 이관백, 하송준. 먼저 말을 꺼낸 건 하송준이었다.

"테스트 내용은 알겠지? 자, 이하림, 이관백. 각각 테스트를 통과해봐라. 먼저 이관백부터 나와!"

하송준의 말을 들은 이관백이 나오자 하송준은,

"테스트 내용은 내가 모는 공을 가져가는 거다. 알겠나?"

"네, 알겠습니다."

이관백이 대답했다. 그러자 부주장인 정기수가 공을 주었다. 그러자 하송준이,

"자, 시작하겠다. 덤벼라!"

그러자 이관백이 천천히 걸어오다가 엄청나게 빠른 속도로 공을 낚아챘다. 그러자 하송준이 놀란 표정으로 말했다.

"방금 건 뭐냐?"

"순간가속도를 내서 주장이 가지고 있던 공을 낚아챘습니다."

그러자 놀란 하송준이 말을 더듬으며,

"그, 그래. 통과다. 자, 그러면 다음은 이하림, 네 차례다!"

그 말을 들은 이하림이 말했다.

"근데, 저도 해야 돼요?"

"친구 실력이 대단하던데, 네 실력도 궁금해서. 나와라."

하송준이 이렇게 말하자, 뭐라고 할 힘이 없던 이하림이 나왔다. 그러자 하송준이 말했다.

"너도 이관백이랑 똑같은 테스트다."

그러자 정기수가 하송준에게 공을 줬는데, 이하림이 빠른 속도로 공을 낚아챘다. 그걸 못 봤던 하송준이,

"자, 그럼 시작하겠다. 공이 어디 갔지?"

그러자 놀란 정기수가 말했다.

"주장, 이하림이라는 애가 제가 패스하는 걸 낚아챘는데요!"

"둘 다 합격, 합격이다!"

하송준은 이렇게 생각하고 있었다.

'이 둘은 괴물이다. 쓰러져가는 축구부를 다시 일으켜 세울 수 있어.'

그리고 하송준이 말했다.

"그러면 1차 예선 뚫으러 가자!"

4장

1학년들의 활약

며칠 후, 이관백과 이하림의 첫 시합날이다. 해설자가 해설을 시작했다.

"안녕하세요. 여기는 고등학교 여름대회입니다. 고상고등학교 대 가상고등학교입니다. 고상고등학교의 라인업은 3-4-3 포메이션입니다. 공격수는 이하림, 천정효, 이관백이고요. 미드필더는 강찬희, 성천희, 하송준, 강경민입니다. 수비수는 김하준, 정지수, 김효진입니다. 감독은 박효신입니다."

공은 둥글고 승부는…, 예측할 수 없다!

심판이 외쳤다.

"경기 시작하겠습니다. 킥오프는 고상고등학교가 하겠습니다. 전반전 시작!"

"시작하자마자 천정효 선수가 이하림 선수에게, 이하림 선수가 반대 전환 패스로 이관백 선수에게 패스, 골입니다!"

"와, 이렇게 빨리 넣다니 대단해요! 자, 가상고등학교의 킥오프. 최은영, 김효진, 강전희. 강전희 선수, 슛! 김하준 선수가 몸을 날려서 막습니다. 대단해요! 자, 고상고등학교의 골. 전반전이 종료됐군요."

5장

계속되는 승리,
하지만 벽이 가로막았다

후반전이 끝나도 달라지는 것은 없었다.

그래서 우리는 1차전을 이겼다. 2차, 3차 예선도 다를 바가 없었다. 하지만 16강 전은 달랐다. 용호상박이었다. 이관백이 회상을 하자 그 시간대로 넘어갔다. 심판이 휘슬을 불었다. 해설자가 말했다.

"안녕하세요, 여러분! 오늘은 고상고등학교와 경강고등학교의 시합이 있겠습니다. 전통 강호였던 고상고등학교와 경강고등학교의 맞대결이 기대를 모으고 있습니다."

(다음 편에 계속)

공은 둥글고 승부는…, 예측할 수 없다!

작가를 소개합니다

저는 축구를 좋아해서 이 글을 쓰게 되었습니다. 글쓰기가 생각보다 쉽지 않았고, 등장인물과 학교 이름을 생각해내기가 쉽지 않았습니다. 그래도 이만큼 글을 쓸 수 있다는 자신감이 들었고, 사람들과 같이하는 분위기도 좋았습니다. 글을 쓰는 것이 너무 길어졌고, 이번 책에서 마무리를 못 한 것이 아쉽습니다. 그림도 완성을 못 해서 아쉬운 마음이 듭니다. 하지만 재미있는 경험이었습니다.

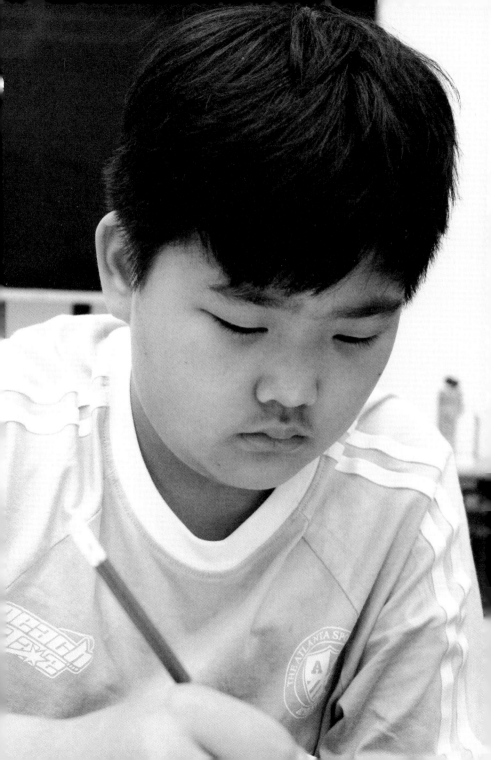

독자에게 전합니다

이 소설을 재미있게 읽어주시면 좋겠습니다. 독자들이 약한 팀은 계속 약할 거라는 생각을 버리고, 약한 팀도 잘하게 될 수 있다는 생각을 하게 되면 좋겠습니다.

주인공은 이하림과 이관백인데, 둘 다 성격이 활발합니다. 그래서 시련이 닥쳐도 해맑게 웃고 있으며, 그것을 꼭 돌파하리라는 의지가 있습니다. 그 의지가 때로는 독이 될 수 있으며, 때로는 밝은 희망이 될 수도 있습니다. 그러니까 이 글을 많이 사랑해줬으면 합니다.

마치는 글

"편집장님, 정말 마음대로 써도 돼요?"

"네? 마감이 있다고요?"

"악, 그때까진 정말 다 못써요!"

우리가 정말 책 한 권을 기간 안에 써낼 수 있을까? 의심 반 걱정 반의 표정으로 나를 바라보는 어린 예비 작가들 앞에서 나는 짐짓 힘차게 말했다.

"할 수 있습니다. 여러분이라면."

신기하기도 하다. 말의 힘이라는 게. 가장 나이 어린 학생이

10살, 최고 연장자가 13살인 이 교실에서 아홉 명의 초등학생이 정말로 책을 써냈다. 그것도 처음과 끝이 온전한 멋진 이야기를! 할 수 있다고 말하던 나도, 고개를 끄덕이던 예비 작가들도, 사실은 알고 있었는지 모른다. 어쩌면, 아주 조금이지만 어쩌면, 이 낯선 시도가 실패로 돌아갈지도 모른다는 것을.

모든 수업을 끝내고, 마지막 한 사람이 마감 시한을 2분여 남겨두고 약속된 글을 올렸을 때, 순간 가슴이 뭉클했다.

'이제 정말 다들 어엿한 작가가 되었구나.'

작가란, 태생이 게으른 사람들이다. 머릿속으로 온갖 것을 빚어내는 이들이라 그러하다. 나 또한 작가라서 글 쓰고 그림 그리는 사람들의 특성을 잘 안다. 신기한 건, 멀쩡했던 사람들도 책이라는 공간에 갇히면 잘 지키던 시간을 어기고, 편히 쓰던 글이 느려지고, 휘뚜루마뚜루 뽑아내던 그림이 영 진도가 나가질 않는다는 것이다. 책 한 권을 내기도 전에 작가의 물이 들어버리는 게다. 그런데 영특하게도 우리 어린 작가들은 그런 유혹에 빠지지 않았다. 매번 탱글탱글한 뇌로 새로운 이야기를 생각해내고, 기상천외한 그림을 그려냈다. 마치 마르지 않는 샘물 같았다.

마지막 날, 작가로서 자신을 소개하는 글과 독자에게 전하는 글을 써내라는 편집장의 무지막지한 요구에, 그들은 심하게 반발하면서도 어느새 정확히 마감을 지켜 멋들어진 글 두 가지를 내 앞에 내놓았다. 글 속에 자신의 생각과 대중을 향한 목소리를 잘 버무려서 말이다. 편집장 노릇과 작가 노릇을 번갈아 하느라 20년 넘게 책에 매달려온 나도 가끔은 글 쓰는 게 버거울 때가 있다. 그런데 우리 어린 작가들은 좀처럼 지칠 줄 모르고 마음껏 생각을 요리했다. 낯선 재료지만 한 입 찍어 먹어보고 싶게 그럴듯한 차림새로 말이다.

우리 앞에 나온 이 책은 아홉 명의 어린 작가가 심혈을 기울여 써낸 작품이다. 하나하나 손대면 물방울이 톡 하고 튀어 오를 듯 신선한 이야기로 가득 들어차 있다. 이제 입맛을 다시며 책을 한 입 크게 베어 물어보자. 분명 과육으로 들어찬 달큰한 열대 과일 맛의 이야기를 맛보게 될 것이다.

마무리할 땐 제법 개운했는데, 토요일 오후 2시가 되면 나도 모르게 똘망하고 푸릇푸릇한 아홉 모둠의 눈동자가 흠뻑 그리워질 것 같다. 그래, 정이란 이렇게 드는 게지.

여름이 시작되는 한낮, 편집장 김현정

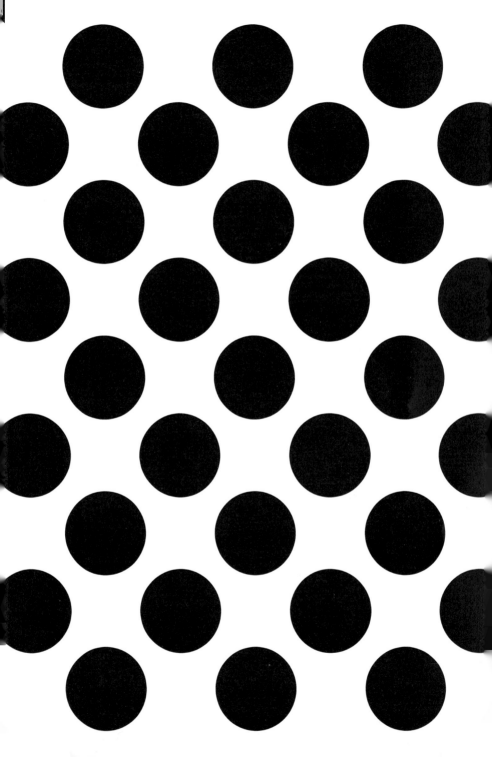